Mara Stein

*

Offenbarungen im Zeitreisehaus

Bibliografische Information der Deutschen National-bibliothek:

Die Deutsche Nationalbibliothek verzeichnet diese Publikation in der Deutschen Nationalbibliografie; detaillierte bibliografische Daten sind im Internet über http://dnb.dnb.de abrufbar.

Kontakt: buch-und-leben-mara-stein@mail.de

© 2018 Mara Stein

Illustration und Umschlaggestaltung: Mara Stein

Herstellung und Verlag: BoD – Books on Demand, Norderstedt

ISBN: 978-3-7481-0142-0

Mara Stein

Offenbarungen
im Zeitreisehaus

Und wenn der Schatten sich auflöst
und nicht mehr da ist,
dann wird das Licht,
das zurückbleibt,
der Schatten eines anderen Lichts.

Khalil Gibran
(aus: Der Prophet/Der Narr/Der Wanderer)

Es war wieder einmal soweit ... Konrad schaute zur Tür herein und gab Miranda das Zeichen. Sie stand automatisch auf und folgte ihm aus dem Zimmer heraus, den Flur entlang und ins Treppenhaus. Da war es wieder, ... dieses magische Leuchten. Aus der Treppensäule schienen bunte Nebelschleier aufzusteigen, die sich im hohen Treppenhaus an den Wänden verteilten und durch die luftige Höhe des Schachtes zu tanzen schienen. Wie aufgelöste Schleifenbänder schwebten sie in einem nicht spürbaren Aufwind aufwärts oder krochen in Spiralen an den Wänden entlang hinauf, als wenn eine unsichtbare Bergstraße dort in Serpentinen an den Wänden entlangführte. Kaum aber berührten die bunten Lichtstreifen oben die schräge Decke, fielen sie genau in der Mitte des Schachtes hinab, als hätten sie plötzlich größeres Gewicht bekommen. Sie fielen hinab und legten sich auf die Treppenstufen, auf denen Konrad und Miranda standen, und wo jeder auf seine Weise diese Energiewirbel wahrnahm. Auf den Stufen verblasste das farbenfrohe Leuchten, der rohe Beton der unbelegten Treppe schien es förmlich in sich aufzusaugen. Miranda bückte sich und wollte eines dieser herabfallenden Lichtstreifen, noch vor der Berührung der Stufe, mit flach ausgestreckten Händen auffangen. Doch dies leuchtende Band wich geschickt dem plötzlich aufgetretenen Hindernis aus, indem es einen sanften Salto über ihre Handgelenke hinweg machte. Dieses Licht schien von seinem Verlöschen zu wissen und hatte doch keine Angst davor. Oder wechselte es bloß seinen Seins-Zustand und verschwand lediglich für die menschliche Wahrnehmung?

Wieder tanzte eines dieser Schleifenbändchen aus Licht um Miranda herum.

Als wollte es auf die Fragen in ihren Gedanken antworten, umkreiste es ihre Stirn. Miranda schloss unwillkürlich die Augen und erwartete die scheinbar doch unvermeidliche Berührung, jedoch sank auch dieses Lichtbändchen sacht und berührungslos an ihr herab. Sie öffnete gerade rechtzeitig die Augen, um noch zu sehen, wie es direkt vor ihren Füßen die Stufe berührte und sich in Nichts auflöste. Das machte Miranda ein wenig wehmütig. Hatte sie nicht zu diesem Bändchen gerade eine innere Verbindung aufgenommen? Hatte es beim Umkreisen ihrer Stirn nicht seine Leuchtenergie mit ihr geteilt, wenn auch ganz ohne Berührung? Miranda lehnte sich an die Wand und sank in die Hocke nieder. Die kühle Wand drückte jede kleine Unebenheit durch ihr dünnes T-Shirt.

Das Treppenhaus war mit Marmorpulver verputzt und noch immer nicht gestrichen worden. Es waren die einzigen Wände in dieser schönen Villa, die noch nicht gestrichen worden waren. Sie schienen sich gegen jegliche Behandlung zu sträuben, als wenn die Energien, die dort auf und ab steigen wollten, keinen Farbanstrich duldeten. Genauso, wie Geckos gestrichene Fassaden meiden, weil sie sich nicht so gut daran halten können. Miranda erinnerte sich an die Renovierung der Terrassenwände in der früheren Wohnung. Nur unter den Dachziegeln hatten Konrad und sie einen schmalen Streifen nicht gestrichen, damit die roten Ziegel nicht von unten weiß bekleckert würden. Diesen schmalen Streifen nutzten die Geckos später als Transitzone vom seitlichen Dach zur Außenwand. Miranda nannte diesen Bereich fortan Gecko-Autobahn. Jedes Mal, wenn die Tierchen einen Schritt daneben auf den gestrichenen Bereich taten, klatschten sie herab auf die Terrasse.

Vielleicht mochten nun die schwebenden Energiefäden auch lieber noch nicht angestrichenen Putz, der noch Poren hatte und atmen konnte. Jedenfalls konnte man sich, außer im Treppenhaus, nirgends sonst dieser magischen Begebenheit aussetzen. Vielleicht lag es auch an etwas anderem. Das Treppenhaus war ein riesig hoher Schacht bis zum Dach, ohne Zwischenboden und auch ohne Fenster. Und es hatte immer schon etwas Eigenartiges damit auf sich. Wann immer Miranda dort hindurch in die obere Etage stapfte, ... ermüdet, nach einem anstrengenden Garteneinsatz oder seelisch erschöpft nach zu vielen Fragen nach dem Ungewissen ... immer wieder wehte sie dort ein Lufthauch an, der sich lebendig anfühlte und sie tröstete, nicht allein zu sein auf dieser Welt.

Gemeint ist dieses Alleinsein, das Miranda auch in großen Menschenmengen verspüren konnte oder das, welches sie empfand, wenn Nachbarn um sie herum schwafelten und die Töne, die sie von sich gaben, allmählich zu einer teigigen Masse wurden, die nicht mehr hörbar, zumindest nicht mehr verständlich war. Gemeint ist das Alleinsein, in welchem Miranda sich einen wahren Freund an ihrer Seite wünschte, einen, vor dem sie sich so zeigen könnte, wie sie war, ganz gleich in welcher Verfassung oder Stimmungslage, ganz gleich, ob bekleidet oder nackt, ob geschminkt oder ungeschminkt. Für Miranda bedeutete ›ein Freund‹ jemand, vor dem sie laut denken konnte. Jemand, der mit dem Auf und Ab ihrer Stimmungen umzugehen verstand und der wie eine Luftmatratze bei heftigem Wellengang immer oben blieb und die Heftigkeit der Wellen als lustige Seepartie, als Abenteuer auffasste. Jemand, der nahe bei ihr bliebe und alles mit ihr zusammen durchstehen könnte, aber beständig obenauf bliebe und sich nicht in ihr aufgewühltes Gefühlsmeer hineinziehen ließe ... Ein Mensch, der mit der Leichtigkeit einer Luftmatratze ihr notfalls als Sicherheitspolster dienen könnte.

Und der tröstende Lufthauch in diesem Treppenhaus streichelte ihr in Momenten solchen Alleinseins sanft über den Hinterkopf wie eine liebevolle Großmutter, die jeden

Schritt ihres Enkelkindes bewacht, ohne jedoch zu freiheitsbeschränkend einzugreifen.

Manchmal hatte Miranda sich noch einmal umgesehen, wenn sie den oberen Treppenabsatz erreicht hatte, und suchend zurückgeblickt. Zu gern hätte sie die streichelnde Hand entdeckt. Doch dieser suchende Blick erhielt stattdessen einen kalten Hauch als Antwort, der die Leere des Treppenhauses betonte. In der plötzlich gähnenden Leere fühlte sich Miranda mit einem Mal äußerst unbehaglich und schloss schnell die Tür hinter sich. So lernte Miranda, auf ›diesen Blick zurück‹ lieber zu verzichten. Nur so konnte ihr der tröstende Lufthauch auch in Zukunft erhalten bleiben.

🦋

Konrad zog Miranda, die noch immer an der Wand kauerte, vorsichtig zu sich hinauf. Er hatte die ganze Zeit neben ihr gestanden, ihre Blicke verfolgt und ihren Gesichtsausdruck beobachtet. Nun war all das flatternde Leuchten verschwunden. Konrad wollte Miranda lieber von der Treppe führen, weil sie so abwesend erschien. Er konnte die Schleifenbändchen nicht sehen, aber er konnte ein eigentümliches Pulsieren um sich herum wahrnehmen. Als sich dieser Zauber zum ersten Mal ereignet hatte, waren Konrad und Miranda gerade zusammen im Treppenhaus gewesen. Sie hatte ihm ganz aufgeregt jedes einzelne dieser bunten Bänder gezeigt, welche ihr, als sie zu tänzeln begannen, wie riesige Geister-Schmetterlinge vorgekommen waren. Konrad hatte nichts gesehen, aber er hatte ein komisches Gefühl um die Ohren gehabt. Er bezeichnete es an jenem Tag als Töne, die man nur fühlen, aber nicht hören könne. Miranda hatte gekichert, weil er das so selbstverständlich nahm, dass jeder wüsste, wie sich nur gefühlte Töne anhörten.

Die Beiden waren damals frei von jedem Gedanken gewesen, etwas zu tun oder tun zu müssen, frei auch von jeglichem Zeitgefühl. Sie waren neugierig gewesen wie Kinder und aufgeschlossen für alles. Ohne jegliche Erwartungen auf den Tag oder auch nur auf den nächsten Augenblick, waren sie Hand in Hand die Treppe hinaufgestürmt und dabei von dem seltsamen Phänomen überrascht worden. Seit damals wussten sie, dass *es* auf beide gemeinsam einwirken konnte, doch dass sie *es* unterschiedlich wahrnahmen; sie hatten aber damals erst einmal vermieden, viel darüber zu reden. Das erschien ungewöhnlich, denn sonst redeten sie gerade über besondere Begebenheiten bis ins kleinste Detail. Aber in diesem Fall hatten sie es sich nur deutlich beschrieben, bis jeder nachfühlen konnte, was der Andere wahrgenommen hatte, allerdings ohne nach Erklärungen zu suchen. Sie hatten auch nicht versucht, dieses unglaubliche Phänomen zu deuten. Und das passte gar nicht zu Miranda. Sie neigte sonst eher dazu, alles zu zerreden. Doch diese Magie im Treppenhaus hatte so empfindlich und flüchtig gewirkt. Miranda hatte befürchtet, jede Bewegung, auch jedes im Verstand Umwälzen, könnte diese Erscheinung für immer verwischen.

Konrad zog Miranda von der Treppe und nahm sie unten im Gang fest in seine Arme. Sie legten ihre Stirne aneinander und schlossen die Augen. Die Treppenstufen hinter ihnen wirkten schon nur noch wie ganz normale Treppenstufen in jedem Haus. Doch Konrad und Miranda umgab ein feiner Hauch wie ein silbriger Nebelstreif.

Konrad duftete nach Parfümresten vom gestrigen Tag; Miranda sog diesen Duft ein und ließ zu, dass er ihre ganze Aufmerksamkeit an sich band. Ihre Umarmung wurde enger. Konrads Hand strich sanft auf Mirandas Rücken auf und ab und schien jeden Wirbel, jeden Muskel einzeln zu erfühlen. Sein typischer Körpergeruch entfaltete sich und kroch aus seinem Halsausschnitt direkt in ihre Nase. Dies vernebelte ihr auf angenehmste Weise die Sinne. Und da geschah es wieder. Um sie herum löste sich alles in Luft auf und sie hoben sich heraus aus Raum und Zeit.

Sodann schossen sie in die Höhe hinauf, durch jedes Gemäuer hindurch, sie drehten sich in Spiralen nach oben, als wenn sie wüssten, wohin es diesmal ginge.

Als das zum ersten Mal passiert war, waren Miranda vor Angst die Sinne geschwunden. Doch nachdem sie heil wieder angekommen war, wollte sie beim nächsten Mal, wenn es denn eins gäbe, sich nicht entgehen lassen, wie es sich anfühlen würde, die Etagendecke und das Dach unbeschadet zu passieren. Und es hatte seitdem noch viele Gelegenheiten gegeben, dieses Unvorstellbare aktiv mitzuerleben. Jeder eigentlich feste Gegenstand und jedes Hindernis, das sie durchflog, fühlte sich am ehesten wie eine flüssige Wand an. Als würde sie an einem herab brausenden Wasserfall sorglos die Wasserwand durchschreiten und in eine bis dahin unsichtbare Welt treten. In dieser Welt gab es keine Begrenzungen. Miranda sah zwar Wände und Felsen und Höhlen, doch sie konnte ganz selbstverständlich durch jede Wand, die einen Raum begrenzte, umschloss, ja erst zu einem Raum machte, hindurch. Sie ging tatsächlich durch Wände, als wären sie nur ein Vorhang aus Luft ... und sie brauchte ihn noch nicht einmal beiseite zu heben.

Diesmal standen Konrad und Miranda plötzlich in einem Mohn-Feld. Inmitten ausgestreckter Bergketten befand sich diese Ebene, die sonst gespickt mit Disteln, jetzt üppig voller Klatschmohn stand. Der blühte in solch leuchtendem Blutrot, dass Konrad und Miranda sich gar nicht daran sattsehen konnten. Normalerweise hätte Miranda sich gleich vor Zecken gefürchtet, aber hier legte sie sich mitten hinein in dieses betörende Mohn-Bett, streckte sich genüsslich auf dem Rücken aus und starrte in den Himmel; dort zogen irisierende, flauschig-kuschelige, ja verspielt wirkende Wölkchen entlang; es fühlte sich für Miranda so behaglich an, dass sie keine Fragen mehr stellen wollte. Doch allmählich wurde ihr klar, dass der Himmel neon-grün und die Wolken zart fliederfarben waren. Es wirkte überaus natürlich und harmonisch, ... so freundlich umstimmend ... und doch war es nicht das gewohnte Bild. Miranda betrachtete noch einmal das Mohn-Feld um sich herum. Während sie eine Blüte abpflückte, wurde diese Blüte immer größer in ihrer Hand. Die Farbe der Blüte blieb blutrot und auch der Stängel sah normal grün aus, allerdings, während sie ihn so fixierte, war sie sich nicht mehr ganz sicher, ob der Stängel nicht doch zunehmend dunkel-lila wirkte. Unvermittelt erschien Konrad wieder in ihrer Nähe. Er flog ganz flach über die Mohnblüten hinweg und machte dabei Schwimmbewegungen. Miranda schaute ihm dabei zu und spürte währenddessen auch um sich herum ein Medium wie Wasser. Aber flog sie nicht? Schwebte sie? Träumte sie? Konrad sah überglücklich aus. Er bewegte sich offenkundig auf sie zu, und je näher er ihr kam, desto mehr begann er zu leuchten. Er wurde goldgelb wie eine lebendige Sonne. Als er über Miranda schwebte, versuchte er sie zu küssen, doch keiner von ihnen vermochte, sich dem Körper des Anderen zu nähern. Wie aus weiter Ferne vernahm Miranda Konrads Stimme: »Warum siehst du so blau aus? In diesem Meer aus roten Klatschmohnblüten wirkst du in deinem leuchtenden Türkisblau ziemlich seltsam«. Miranda vernahm seine Worte, doch sie schienen wie Libellen durch die Luft zu fliegen. Miranda fühlte den Sinn, die Gedanken dahinter, doch sie hörte seine Worte nicht wirklich. Als sie sich darauf konzentrieren wollte, hob sich ihr Körper an und heraus aus dem Blütenmeer und Konrad und sie schwebten nun, dicht übereinander und doch berührungslos, einfach davon, hinein in das große Nichts.

Als sie sich das nächste Mal ansahen, standen sie auf dem langen Balkon des Hauses, das sie scheinbar eben erst verlassen hatten. Aber es war mittlerweile schon Dämmerung geworden und sie wussten nicht, wie spät es inzwischen war oder interessierten sich nicht dafür.

Konrad stand hinter Miranda und umarmte ihren Leib, als wenn er ihn vor der Abendkühle schützen wollte. Aber es war noch mild, sie spürten die Temperatur nicht einmal. Plötzlich stieg vor ihnen ein riesiger roter Vogel auf. Er schwebte, trotz seiner gewaltigen Größe, direkt vor ihnen, recht nahe an der Balkonbrüstung. Sein Schnabel leuchtete gelb, sein Gefieder war von leuchtend-blauen Federn durchzogen, seine Brust hatte ein goldgelbes Lätzchen. Er war so unfassbar schön, dass Miranda augenblicklich die Luft anhielt, um diese unglaubliche Erscheinung durch nichts zu verscheuchen. Seine großen, kugelrunden Augen musterten sie unablässig; er suchte Blickkontakt, um Gedanken zu übertragen. Nachdem Miranda seinen Wunsch erkannt hatte, wich sie seinem steten Blick nicht mehr aus. Sie hörte auf, sein prächtiges, farbenfrohes Gefieder zu bestaunen und stellte sich mutig seinem Blick. Sie schaute ihm in seine tiefschwarzen Augen und merkte dabei, wie diese etwas von ihr in sich einsogen. Die starke Strömung zwischen ihr und dem Vogel empfand sie wie ein von heftigem Wind flach gefegtes Feuer. Auf diesem Feuerschweif rasten alle ihre Gedanken zu ihm hinüber. Und Miranda war, als zöge er gleichsam auch alle die Gedanken mit, die sie je gedacht hatte. Ein Lichtkegel stülpte sich über Miranda und sie fühlte sich wie im Scheinwerferlicht auf einer einsamen Bühne. Sie wusste es jetzt. Dieser Wundervogel war Phönix ... und er hatte ihr soeben all seine Aufmerksamkeit geschenkt. Miranda überkam ein Glücksgefühl; ein rauschendes, wärmendes, pulsierendes Strömen in all ihren Adern; Phönix hatte *sie* aufgesucht, hatte *ihr* Beachtung geschenkt. Ehrfürchtig streichelte sie ihm, wenn auch nur im Geiste, so doch mit intensivster Aufmerksamkeit, sanft über seinen Kopf, seinen Hals, seine Flügelschultern. Sie liebte ihn. Sie war ihm dankbar für sein Erscheinen, war dankbar für seinen Kuss ihrer Seele. Als wenn sie ihn tatsächlich berühren könnte, spürte sie jede einzelne Feder, es schien fast, als könnte sie ertasten, welche Federn blau und welche rot leuchteten. Sie schaute ihm noch einmal suchend in die Augen und verlor dabei schlagartig ihr berauschendes Glücksgefühl; plötzlich wusste sie, dass er sie hatte abholen wollen, doch sie noch nicht bereit dazu wäre.

Vor Jahren war Phönix ihr mal in einem Traum erschienen. Genau an dieser Stelle, die Erinnerung tauchte kurz in ihr auf. Damals sollte sie ihm einen vielverzweigten Ast eines Granatapfelbaumes übergeben, doch es hingen nicht genügend Früchte daran.

Miranda wusste noch immer nicht, wie viele Früchte es denn hätten sein sollen, sie hatte auch vergessen, wie viele sie ihm schon hätte überreichen können ... allein, es waren nicht genug gewesen. Diese Granatäpfel hatten im typischen Schein des Traumlichtes golden geglänzt, als wären sie mit Blattgold überzogen. Dennoch war ihre Gabe für diesen Vogel noch nicht reif zur Übergabe gewesen. Dieser Traum lag schon viele Jahre zurück und Miranda hätte nie gedacht, dass er auch einmal wahr werden könnte.

Und nun? Sie hatte nicht den kleinsten Granatapfelzweig bei sich. War Phönix diesmal gekommen, um zu sehen, ob sie inzwischen bereit wäre, die Prüfung zu bestehen? Miranda wollte sich augenblicklich auf seinen Rücken schwingen, wollte seinen schlanken rot befiederten Hals liebkosen; sie wollte ihn nicht wieder alleine fortfliegen lassen. Phönix reagierte auf ihre sehnsuchtsvolle visuelle Berührung und landete vor Miranda auf der Brüstungsmauer, um deren Haltbarkeit Miranda dabei bangte. Phönix umklammerte die Kante mit seinen riesenhaften Krallenfüßen, während er Miranda mit seinem Flügel streichelte, den er dafür gleichmäßig auf spreizte, wie einen gigantischen Fächer. Er streichelte ihr so zart den Kopf, dass Miranda unwillkürlich staunte, wie zartfühlend er sein konnte. Miranda neigte ihren Kopf seinem Flügel zu und schmiegte sich in die Liebkosung, dabei legte Miranda ihre Hand sanft auf seine sie streichelnden Federn und drückte sie sich an die Wange, als wären es die Finger eines Geliebten. Obwohl ihre überströmende Liebe zu diesem grandiosen Vogel so unverhofft erwidert wurde, zog Phönix seinen Flügel wieder zurück und fächerte Miranda nur noch liebkosenden Wind durchs Haar; festgehalten werden wollte er nicht.

Miranda liebte dieses erstaunliche Wesen so sehr, als wenn ihr Leben davon abhinge und sie wusste auf einmal, ihr Leben hing von ihm ab. Er hatte sie für eine besondere Aufgabe auserkoren und er wartete geduldig auf den

Moment, an dem Miranda endlich dazu bereit sein würde. Miranda hatte es plötzlich verstanden. Gleichzeitig fühlte sie sich schuldig, weil sie noch immer nicht seinen Wünschen entsprechen konnte; Phönix würde also wiederkommen müssen. Und doch wäre Miranda ihm so gerne auf der Stelle in seine Welt gefolgt. Phönix aber schwang sich eilig von der Balkonbrüstung, die von seinem kraftvollen Abstoß erzitterte. Mit zwei drei Flügelschlägen zog er in den Himmel hinauf, so dass er geschwind Mirandas Blick entkam.

🦋

Augenblicklich spürte Miranda wieder Konrads Arme, die sie fest umschlungen hielten. Konrad stand hinter Miranda, küsste ihr zärtlich den Nacken und holte sie so zu sich zurück. Es war dunkel geworden. Die Sterne glänzten am Himmel und Miranda kam es vor, als hätte jemand den Theatervorhang ihrer einsamen Bühne zugezogen. Ihr geliebter Phönix war dahinter verschwunden. Auf einmal endete die Welt wieder *vor* dem Vorhang und sie blickten auf den ganz normalen, aber doch wunderschönen Sternenhimmel und genossen die laue Sommerluft.

Konrad strahlte übers ganze Gesicht, er schien gerade außerordentlich glücklich zu sein. Ein Lächeln ruhte friedvoll auf seinen Lippen und straffte alle kleinen Fältchen, die sonst um die Mundwinkel spielten, auch die Augenpartie wirkte auffällig entspannt. Miranda drehte sich innerhalb seiner Umarmung und wendete sich ihm ganz langsam zu. Sie umarmten sich nun beide und gaben einander Halt. Hinter ihrem Rücken spürte Miranda noch immer das Aufsteigen des Phönix, es war wie ein gefühltes Nachbild, denn Phönix war längst verschwunden und auch Mirandas rauschhaftes Glücksgefühl schrumpfte restlos in sich zusammen. Konrad fragte sie, was sie gesehen hätte. Miranda erzählte ihm alles ausführlich, denn sie wusste ja inzwischen, dass sie nur in Ausnahmesituationen Magisches auf gleiche Weise wahrnehmen konnten.

Ganz leise, als hätten sie Angst, jemanden aufzuwecken, öffneten sie die Balkontür und schlichen sich ins Wohnzimmer des Obergeschosses. Miranda fragte Konrad, was *er* denn erlebt hätte, doch seltsamerweise schaute

Konrad nur versonnen vor sich hin und antwortete nicht. Nach einer Weile, als Miranda schon gar nicht mehr damit gerechnet hatte, begann Konrad zu sprechen: »Es war, als hätte ich all das, was du erzählt hast, auch erlebt, aber ich hab es nicht *gesehen*. Erst, nachdem du mir beschrieben hast, was dir erschienen ist, weiß ich, dass es bei mir dasselbe war wie bei dir. Zu dumm, dass ich es nicht selber sehen konnte, zu gerne hätte ich diesen wundervollen Vogel mit eigenen Augen betrachtet«.

Miranda gab Konrad einen Kuss auf die Stirn, der ihn trösten sollte. Sie waren zusammen gewesen, mehr konnte man wohl vorerst noch nicht erwarten. Miranda fragte sich im Stillen, ob Konrad denn wohl denken würde, dass er leer ausgegangen sei, während sie großartig beschenkt worden wäre. Sie legte ihren Arm um seine Schultern, als könnte sie ihn so an ihrem Glücksempfinden teilhaben lassen. Sie wollte gern alles mit ihm teilen, denn sie wusste, er würde ihr ihre dazugewonnenen Schätze in Augenblicken zeigen können, in denen sie nicht an ihre Existenz glauben könnte, sie nicht mehr sehen oder fühlen könnte. Für die Zeiten ihrer Zweifel wusste Miranda in Konrad einen unschätzbaren Bewahrer ihrer nicht-materiellen Schätze. Konrad erklärte schließlich: »Ich werde mich vielleicht damit abfinden müssen, nur dein Wegbereiter zu sein. Du hast einen speziellen Weg vor dir und brauchst noch eine Weile einen Verbündeten. Damit kommt ja auch mir eine wichtige Rolle zu. Vielleicht bin ich dafür ebenso unentbehrlich wie du es bist«.

Er klang sehr reif und abgeklärt. Miranda hatte nicht den Eindruck, dass er noch Trost gebraucht hätte. Trotzdem fügte sie hinzu: »Vielleicht wirst du ihn beim nächsten Mal auch sehen können, immerhin bist du unablässig dabei gewesen und hast mich fest in deinen Armen gehalten. Vielleicht hätte ich ohne deinen lebensechten Halt der Mächtigkeit der Erscheinung gar nicht standhalten können. Ja, ich glaube jetzt sogar, wir durften ihn nicht beide gleichzeitig sehen, denn dann wärest du nicht mehr in der Lage gewesen, mich zu halten und zu erden«. Konrad nickte. Er hatte es längst schon begriffen und akzeptiert. Während Miranda noch versuchte, ihm Hoffnungen auf ein nächstes Mal zu machen, war er schon mit seiner Rolle zufrieden. Miranda bewunderte ihn im Stillen dafür und er lächelte dankbar.

Das Mondlicht fiel zur Balkontür herein und eroberte den Raum bis zur Flur-Tür hin. Während Miranda versonnen auf den langen Mondkorridor starrte, überstrahlte das helle Licht prompt alle inneren Bilder, die in so viel Helligkeit augenblicklich verblassten. Konrad und Miranda gingen durchs Treppenhaus hinab, in welchem die Bewegungsmelder-Lämpchen unverzüglich reagierten. Sie gingen ins untere Wohnzimmer, ließen sich aufs Sofa fallen und die Katze hopste, erfreut sie wiederzusehen, dazwischen und schmiegte sich ganz dicht an sie. Ihr Schnurren wirkte so idyllisch in dieser Situation, dass es die Beiden wiederum fortzog. Allerdings nicht wirklich fort, sondern nur in eine angenehme Schläfrigkeit hinein. Konrad griff Miranda um die Schulter und zog sie näher zu sich heran. Jeder von beiden streichelte mit einer Hand die Katze, die dabei immer lauter schnurrte. Das war ein Hauch Alltagsglück. Und diesmal wirkte es fast schon ein bisschen kitschig.

Nach einer Weile stellte Miranda fest: »Ich könnte jetzt etwas zu trinken gebrauchen. Kommst du mit?« Konrad folgte ihr in die Wohnküche und Miranda kochte einen duftenden Kräutertee. Während der ziehen musste, schnappte Miranda sich ihr Mandel-Döschen und knabberte drauflos. Sie zerstückelte die Mandeln mit den Schneidezähnen und amüsierte sich insgeheim über diese ihre Marotte, aber so hatte sie sehr lange etwas von einer Mandel. Der Tee-Duft durchströmte den Raum und rief zum Abgießen, das warme Getränk tat ihnen dann gut. Sie hatten nur wenig Licht gemacht, um die romantische Stimmung noch eine Weile zu erhalten. Denn Licht verändert die Sicht der Dinge; was man selbst von innen heraus anstrahlen wollte, würde überblendet, und man sähe vielleicht Dinge, die man in dieser Stimmung gar nicht sehen wollte.

Das Abendessen hatten sie ausfallen lassen. Ein paar Apfel-Schnitze und Käsehäppchen wurden ein schöner Ersatz für eine größere Mahlzeit. Nachher erhoben sie sich zufrieden vom Tisch. Vor dem Einschlafen war Mirandas letzter Gedanke: *Heute fühle ich mich unsagbar glücklich. Hoffentlich gibt es noch viele solche*

Tage. Sie gab Konrad einen Gute-Nacht-Kuss und kuschelte sich ein. Er rückte dicht an sie heran und legte seinen Arm auf ihre Seite. So schliefen sie ein.

Am frühen Morgen miaute die Katze, leise zwar, doch unmissverständlich nachdrücklich, denn der Futternapf war leer. Miranda stand gegen ihren Willen auf und Mietzi umkreiste und umgarnte ihr die Beine und schnurrte und gurrte ein extra Dankeschön. Als Miranda sich wieder hinlegen wollte, wendete Mietzi sich schnell wieder vom Fressnapf ab und ihr zu. Mietzi wollte Unterhaltung und nicht nur Futter. Unschlüssig saß Miranda auf der Bettkante. Mietzi hatte Lust auf einen Terrassenspaziergang, wollte von dort in den Garten und die Morgenfrische genießen, die Vögel wenigstens beobachten, sich die arglosen Schmetterlinge neben den Blumenkästen um die Nase tanzen lassen. Sie wollte die kleinen Grashüpfer verfolgen, die Katzenmarken der Gartenkatzen untersuchen, feststellen, ob es über Nacht heimliche Besucher gegeben hatte. Sie hatte Appetit auf ein Grashälmchen hier und ein Hälmchen dort, wollte am Thymian schnuppern, ihr Köpfchen in den Rosmarinstrauch reiben und ihre eigenen Duftspuren hinterlassen.

Aus diesem gemeinsamen Morgenspaziergang war ein kleines Ritual geworden. Mittlerweile hatte Mietzi ein Recht darauf. Mit einem Anflug von Trotz wie: *Wenn schon, dann aber nicht ohne einen duftenden Kaffee vorher*, erhob sich Miranda von der Bettkante. Im selben Moment gähnte Konrad lautstark und Miranda musste kichern. Ein richtiges Löwen-aaüaha. Selbst die Katze blickte sich fasziniert um und näherte sich Konrads Bettseite. Sie sprang hinauf, schnurrte sofort los und tretelte, als fühlte sie sich eben dazu eingeladen von diesem herz-zerreißenden Gähnen. Das war für Miranda eine günstige Gelegenheit, um unbemerkt zu entkommen. Sie wollte noch vor dem Spaziergang ungestört ihren Kaffee genießen.

Der Tag begann wie ein herrlicher Sonntag. Die Vögel im Garten zwitscherten, die Katze legte sich nach ihrem Spaziergang aufs Fensterbrett und genoss ihr luftiges Plätzchen, das ihr niemand je streitig machte. Miranda begann mit den Hausarbeiten. Alles war gut. Doch in der Müdigkeit des Nachmittags fielen ihr die Begebenheiten des gestrigen Tages wieder ein und sie grübelte darüber nach:

Wie lange wird es wohl dauern, bis dieser zauberhafte Phönix sich mir mal wieder zeigen wird? Wenn er sich überhaupt je wieder sehen lässt ... eher im Traum oder auch wieder einmal in Folge dieser Treppenhaus-Magie?

Kann ich ihn irgendwie selbst herbeilocken oder einladen, zu mir zu kommen, und wenn, wie?

Was an mir muss ich verändern, auf welche Weise muss ich wachsen oder reifen, damit er mich für meine Aufgabe geeignet findet?

Miranda bekam ein unbehagliches Gefühl; sie hatte keinen blassen Schimmer, was für eine Aufgabe das wohl sein würde, und erhielt stattdessen ein Gefühl der Gewissheit, dass sie sich dieser Aufgabe so oder so nicht entziehen könnte. Plötzlich war sie sich gar nicht mehr so sicher, ob sie diese Aufgabe überhaupt annehmen wollte.

Warum konnte ich es gestern gar nicht erwarten, Phönix so schnell wie nur möglich zu folgen? Hier ist es doch auch ganz schön. Gerade jetzt in der großen Villa inmitten des traumhaften Gartens. Phönix will mir wohl eine neue Rolle zuweisen.

Aber im Augenblick störte Miranda das Ungewisse daran. Welche Verantwortung würde dadurch auf sie zukommen?

Müsste ich nicht automatisch Verpflichtungen eingehen, die mich meiner Freiheit beraubten? Wer ist Phönix, wofür steht er eigentlich? Warum kann ich mich seiner Wirkung jedes Mal nicht entziehen? Sobald er mir erscheint, scheine ich zu wissen, was mir bevorsteht und bereit zu sein, seinem Ruf zu folgen. Aber jetzt, bei wachem Verstand wüsste ich auch zu gern, wofür ich mich bereithalten soll.

»Liebe«.

Was? … Was war denn das jetzt?

»Phönix steht für Liebe«.

Wer sagt das?

»Du wirst in die Dimensionen der Liebe eingeführt und dein Wissen in die Welt hinaustragen«.

Wer spricht da? … Ich soll ein Liebesbotschafter werden? … So ein Quatsch!

»Nicht die Liebe zwischen Menschen ist gemeint, … es geht um universelle Liebe«. Die Stimme verstummte wieder.

Miranda erinnerte sich auf einmal mit jeder ihrer Zellen an die pulsierende, sie durchflutende Liebe, die sie in Phönix Gegenwart empfunden hatte. Liebte sie denn gar nicht diesen Wundervogel selbst, sondern das, wofür er stand, was er verkörperte? Ging sie nicht auf im Rausch der Liebe zu diesem Traumvogel, sondern im Rausch der allumfassenden Liebe? Bilder der Erinnerung zogen an ihr vorüber.

Sie fühlte noch einmal den Grapefruitbaum, der ihr einst seine Äste vertrauensvoll entgegengestreckt hatte, während sie ihn so stark zurückschnitt, bis sie sein gesundes Holz erreichte. Er, der immergrüne Baum, hatte nicht ein einziges Blatt mehr gehabt und jeder, der den Baum damals zu Gesicht bekam, gab dieses kahle Astgerüst augenblicklich auf. Miranda wollte es auch tun, aber sie konnte es nicht, ... konnte es nicht, nachdem sie dem armen Baum mit den Fingern durch die dürren Äste gestrichen war, als wollte sie sich von dem einst so schönen Baum verabschieden. Eine letzte Berührung ... in diesem Moment kam etwas über sie. Sie besorgte sich auf der Stelle die große Ast-Schere und die kleine Baumschere, die Säge und ein paar derbe Handschuhe, welche die Piekserei der Dornen abmildern sollten. Aber die Handschuhe zog sie dann nicht an; sie wollte den Baum erfühlen und er verschonte sie im Gegenzug mit Kratzern. Stundenlang schnitt sie sich in sein Grundgerüst hinein. Sie streichelte hin und wieder über seinen glatten Stamm, der schon dick wie ein Elefantenbein war. Sie hatte das unbestimmte Gefühl, dass er sich noch einmal anstrengen würde, wenn sie ihm gut zuredete und ihm versicherte, dass sie ihm fortan nach Kräften helfen würde. Sie glaubte, sein Kampf ums Überleben wäre doch noch nicht verloren. Währenddessen war sie zwischen seinen Ästen eingeklemmt wie ein Yogi, der sich in eine viel zu kleine Kiste hineinzwängt. Sie spürte nichts um sich herum, als nur das Gefühl, sich mit dem Baum zu verbinden. Sie war sich sicher, dass er seine Dornen von ihr weg bog, während sie um sein Leben kämpfte, als wenn es ihr eigenes Leben wäre.

Man könnte es mit Verantwortungsgefühl beschreiben, doch das wäre nicht ausreichend, auch wenn es mit hineinspielt. Sie fühlte sich vom Baum *gerufen*, ihm zu helfen ... ihm dabei zu helfen, wo er selbst nichts für sich tun konnte. Die kranken Äste mussten ab und von ihm weg geschafft werden, seine lebensfähigen Reste mussten gefördert werden.

Es war genau genommen ein ziemlich ungünstiger Zeitpunkt gewesen, denn Konrad und Miranda hatten unmittelbar vor der Abreise und inmitten der Vorbereitungen dafür gestanden. Es hatte der traditionelle letzte Abschieds-Gartenbesuch sein sollen, daher die anfängliche Abschiedsgeste auch an diesem Baum. Danach hatte Miranda sich seiner Wirkung nicht mehr entziehen können.

Der Grapefruitbaum hatte am Ende bestimmt dreiviertel seiner Äste an Miranda, an ihre Scheren, verloren. Als die Dämmerung so weit fortgeschritten war, dass Miranda schlagartig nicht mehr sehen konnte, wo der eine Ast anfing und der andere aufhörte, war ihr völlig rätselhaft, wie sie zehn Sekunden vorher noch hatte schneiden können.

Miranda streichelte dem Baum zum Abschluss über seine glatte, empfindliche Rinde und redete mit ihm. Nach dem Eingriff stand er plötzlich so klein da wie zehn Jahre früher, als er noch ein jugendlicher Baum gewesen war. Dass sie laut und deutlich wie zu einem Menschen mit ihm redete, war ihr etwas peinlich, aber weil sie durchaus keiner hören konnte, sprach sie ihm weiter Mut zu, noch durchzuhalten.

🦋

Als Konrad und Miranda nach einiger Zeit wiedergekommen waren, hatte sie der Anblick des Baumes dermaßen überrascht, dass Miranda zu ihm hingestürzt war, um ihm freudig die vielen noch hellgrünen Blätter zu streicheln. Der Baum hatte mehr Blätter ausgetrieben, als Miranda in dieser überschaubaren Zeit für möglich gehalten hätte. Eigentlich hatte keiner wirklich zu hoffen gewagt, dass Mirandas Aktion einen dauerhaften Nutzen hätte haben können; doch da stand plötzlich der Baum in zartgrünem Blätterkleid vor ihnen! Miranda war sprachlos und wurde von einem überwältigenden Glücksgefühl durchströmt, während sie sich daran erinnerte, wie ihr vor Jahren eine Katzen-Mami zum ersten Mal stolz ihre Babys vorgeführt hatte. Im gleichen Augenblick streichelte Miranda die zarten Blättchen des Baumes ebenso behutsam wie damals die kleinen Katzenbabys. Unnötig zu sagen, dass Miranda von da an fortwährend eine eigentümliche Verbindung zu diesem Grapefruitbaum empfand.

Später konnte Miranda auch noch die Bedürfnisse so mancher Olivenbäume erfühlen und sich von ihnen rufen lassen, wenn die Spitzendürre ihnen allzu sehr zusetzte. Die Olivenbäume hatten zudem die äußerst erstaunliche Eigenheit, während Miranda in ihnen herumkrabbelte und sich samt Schere und Säge auch auf äußerste Äste vorwagte, auf Miranda aufzupassen. Sie schienen mit ihren Ästen Miranda förmlich die Beine zu umschlingen, damit Miranda bloß nicht herunter fiele, während sie sich um das Wohlergehen der Bäume sorgte. ... Vielleicht galten Olivenbäume ja auch deshalb als heilig.

Diese Verbindung mit den Bäumen für gewisse Zeitspannen, für kleine Ewigkeiten, entspringt diese Zuwendung der Liebe des Phönix?

Miranda wollte in diesem Moment nicht weiter darüber nachdenken. Sie streckte sich und rekelte sich, gähnte ein kleines Löwenaahüaha und überlegte, was sie an diesem Tag noch zu tun hätte. Sie wollte ursprünglich einen Kuchen backen. Und Taschen packen musste sie auch noch, ... denn wieder einmal sollte es in einigen Tagen auf Reisen gehen.

In der Trägheit, die sie mittlerweile erfasst hatte, verspürte Miranda keinerlei Lust, sich mit irgendetwas näher zu beschäftigen. Sie raffte sich aber trotzdem zum Backen auf, um nicht stundenlang nur herumzusitzen und ihren Träumen nachzuhängen.

Die Wohnung duftete bald nach Hefekuchen, Äpfeln und Zimt. Allein dafür hatte sich das Backen schon gelohnt. Miranda liebte diesen Duft. Konrad kam eben zur Verkostung. Es war Tradition, den noch warmen Kuchen anzuschneiden.

Während Konrad noch genüsslich auf dem viel zu großen Happen, den er abgebissen hatte, herumkaute und regelrecht zu schnurren anfing, -Menschen-Schnurren versteht sich-, schaute er Miranda plötzlich eigenartig an und schluckte den Bissen eilig runter: »Ich hab viel drüber nachgedacht über diese Phönix-Erscheinung ... Ich finde es fantastisch, dass ich dich kenne. Also, ... wer ist schon mit jemandem zusammen, auf den ein Phönix wartet?« Miranda lachte verlegen auf, doch Konrad ließ sich nicht beirren: »Nein, im Ernst, ich finde das absolut einmalig, dass ich das so miterleben kann, wie der Phönix dich besuchen kommt. Zu mir würde er schließlich nicht kommen, aber so kann ich Zeuge sein, dass das alles wirklich passiert. Ich wusste ja immer, dass du was Besonderes bist«. Miranda hüstelte verlegen, es gefiel ihr, was er sagte, aber es war ihr auch ein bisschen peinlich und Konrad merkte es ihr an und schmunzelte fast unmerklich aus den Augenwinkeln. »Ich hätte mir doch nicht träumen lassen, dass ich jemals dabei sein würde, wenn jemand von einer höheren Macht auserkoren wird. Jetzt bin ich richtig neugierig, wann du wohl deine Prüfung bestehen und du deinem Zaubervogel zur Genüge zu bieten haben wirst. Ich bin auf dich neugierig, auf deine Entfaltung. Ich meine, wenn da so ein bunter Vogel etwas Besonderes an dir erkennt, dann werde ich schräger Vogel das ja wohl auch, oder?« Sie lachten überschwänglich. Miranda tat sich zwar etwas schwer mit der Vorstellung, dass sie beide ernsthaft daran glaubten, dass all das Unvorstellbare wirklich wahr wäre. Sie selbst wollte immer viel lieber verstandesbetont bleiben. Andererseits konnte der Verstand auch keine

Erklärungen dafür finden, was sich da immer wieder im Treppenhaus ereignete.

Einmalige Ausnahmen sind ja vielleicht Spinnereien oder Visionen, was aber, wenn sich etwas immer wieder zuverlässig wiederholt? Und wenn zwei Menschen daran beteiligt sind ... man kann doch wohl kaum zugleich absurde Erscheinungen wahrnehmen, oder doch? Und ist Phönix denn nicht im Wachzustand erschienen, um zu zeigen, dass er nicht nur nachts im Traum erscheinen kann? Müssen die Merkwürdigkeiten nicht immer schon einen regelrechten Eiertanz aufführen, damit wir ungläubigen Menschen vielleicht wenigstens einmal andere Wirklichkeiten in Betracht ziehen könnten?

Es war schwer, darauf eine Antwort zu finden. Mirandas Verstand versuchte Unerklärbares wieder einmal in Einzelteile zu zerlegen.

Ungewohnt lange geschah nichts Außergewöhnliches mehr; der Alltag hatte das Leben wieder im Griff. Miranda begann allmählich, sich nach dem zu sehnen, was ihr zuletzt unheimlich geworden war. Sie begriff aber, dass ihre Bedenken sich nur deshalb breit machen konnten, weil dieses gewisse *Etwas* sich nicht erklären ließ, ... und jetzt fehlten ihr Antworten aus anderen Bereichen.

Seit Konrad so begeistert davon gesprochen hatte, jemanden wie sie zu kennen, erschien es Miranda, als würde sie gar nicht mehr in diese Rolle hineinpassen. Miranda zweifelte an sich selbst und fragte sich: *wer bin ich schon*? Denn sie hatte die Erscheinungen nicht im Griff und fühlte sich eher wie ein Spielball der Dinge, die geschahen. Sie würde all das viel lieber kontrollieren und wie mit einem Lichtschalter ein- und ausschalten können. Doch nach solchen Anwandlungen hörte sie heftiges Gekicher oder schallendes Lachen: »So funktioniert das nicht, du musst es integrieren. Wir werden uns niemals der Kontrolle unterwerfen, eben gerade nicht, wir sind frei und diese Freiheit ist das Einzige, das wirklich zählt. Du kannst uns ignorieren oder verscheuchen, wir können uns unsichtbar machen, aber wir werden niemals fort sein. Wir sind immer da, wie deine Träume in der Nacht, an die du dich ja auch nicht jeden Morgen erinnern kannst. Doch die stellst du nicht mehr infrage, höre auf, uns infrage zu stellen!«

Wer sagt das und wer ist ›uns‹ ?, Miranda spitzte die Ohren. Im selben Moment tänzelte ihr die Katze um die Beine, machte leise »grärä«, und schaute Miranda dabei durchdringend an. Die großen bernsteinfarbenen Augen saugten Mirandas Blick förmlich ein. Gerade eben noch schien es Miranda, als läge der Ursprung der Worte eindeutig in ihrem Kopf, doch plötzlich war sie sich nicht mehr sicher, ob ihr denn stattdessen die Katze geantwortet hatte. Miranda umwehte ein seltsam lauwarmer Hauch, er schien sie zu umkreisen und dabei ihr Genick zu berühren. Von den Schultern bis zum Haaransatz zog eine Leichtigkeit auf ihre Haut, die alle Verspannungen von ihr fortnahm. Miranda atmete tiefer ein und verfolgte den Luftstrom, der in ihren Bauchraum vordrang, dort einen Salto machte und noch einen und einen dritten. Auf einmal erschien es ihr, als wäre eines der Energieschleifenbändchen aus dem Treppenhaus vom Nacken her in sie eingedrungen. Das Bändchen streichelte sie von innen und unwillkürlich umfassten Mirandas Arme ihre eigenen Schultern. Das lebhafte Bändchen in ihrem Inneren war rot, Miranda konnte es sehen, sie konnte es tatsächlich sehen. *Wie in Gottes Namen kann der eigene Blick so offensichtlich nach innen schauen?*

Schon wieder diese lächerlichen Fragen, die jederzeit die Macht hatten, diese zarten Erlebnisse zu zerstören. Miranda ärgerte sich über sich selbst, das Bändchen war naturgemäß verschwunden, nur die Katze saß noch neben Miranda und schaute sie auffordernd an. Miranda versuchte Mietzis Blick zu entnehmen, was sie denn von ihr wollte, das Futterschälchen war gefüllt, das Wasser frisch gewechselt. Doch die Katze starrte Miranda unbeirrt an und gab keinen Laut von sich. Mit einem Auge blinzelte sie, das machte sie immer, wenn jemand sie zu lange ansah. Doch Miranda vernahm wieder diese Stimme: »Lass es einfach zu und versuche es noch einmal«.

Miranda schaute auf die Katze, schüttelte dann den Kopf, begann verlegen zu kichern und murmelte schließlich vor sich hin: »Du lieber Himmel, jetzt fange ich schon an zu spinnen!«

Unwirsch drehte sie sich um und trat auf die Terrasse hinaus. Ein kalter Wind schnitt ihr ins Gesicht. Genau das brauchte sie jetzt, einen kühlen Kopf. Begierig sog Miranda die Luft ein, die nach Bergen und Schnee roch. Und obwohl sie immer tiefer atmete und glaubte, die eisige Luft müsste bald ihren ganzen Körper von innen her unterkühlen, wurde sie stattdessen äußerlich warm; die feinen roten Äderchen in ihren Händen schienen gold-orange aufzuglühen und an den Fingerspitzen wie Strahlen einer kleinen Sonne heraus zu strahlen. Miranda hielt beide Hände mit weit gespreizten Fingern auf Armeslänge von ihrem Gesicht entfernt gen Himmel, die Handflächen eingeklappt, so dass die Fingerspitzen beider Hände sich fast berührten. In dem kleinen Zwischenraum fühlte sie ein Kribbeln, ganz langsam zog sie die Fingerspitzen auseinander, das Licht der linken und der rechten Hand bildete Leuchtstreifen zwischen den sich entfernenden Fingern. Je weiter Mirandas Hände auseinander drifteten, desto matter wurde das Leuchten; vorsichtig schob sie ihre Fingerspitzen wieder aufeinander zu und das Licht erstrahlte hell. Im Himmel hinter ihren in die Luft gehaltenen Händen stieg laut schnatternd eine Schar Wildgänse aus einer Kiefer auf; verblüfft schaute Miranda ihnen hinterher und überlegte, ob sie jemals auf die Idee gekommen wäre, Wildgänse in der Krone einer Kiefer zu vermuten. Die Äste schwankten noch heftig, als die Vögel schon fast Mirandas Blick entkommen waren. Neugierig geworden zog Miranda sich die Gartenschuhe an und lief ein Stück an den Beeten entlang.

Die Luft war klar, die Blätter der Bäume glänzten, die Kapuzinerkresse in den Baumlöchern der Apfelsinenbäume reckten ihre großen Blätter und Blüten wie Seerosen nach oben. Die Apfelsinen leuchteten wie Weihnachtskugeln an den Bäumen, ein kleines Vogelnest in einem der Bäume bekam immer wieder Besuch von einem aufgeregten Piep-Matz, der nicht mochte, dass Miranda sah, wohin er verschwand. Das Orange der Kapuzinerkresse-Blüten machte den orangefarbenen Früchten an den Bäumen Konkurrenz. Die Rosen trotzten dem Januar noch immer mit frischen Knospen. Und der Jasmin stand in voller Blüte. Nach dem heißen Sommer hatte er die ersten Herbst-Regenfälle genossen und sich den Staub von den Blättern nur zu gerne abduschen lassen; seine Blätter schaukelten nun auf Hochglanz poliert im zarten Wind. Der berauschende Duft seiner Blüten glitt auf einer kleinen Windböe entlang geradewegs zu Miranda, er umspielte ihre Nase und sie fühlte sich regelrecht geküsst von diesem Duft. Die Gartenkatze kam Miranda laut maunzend entgegen, ihre tiefe Stimme zauberte jedes Mal ein Lächeln auf Mirandas Gesicht. Die Gartenkatzen, die Konrad und Miranda im Laufe der Jahre immer wieder zugelaufen waren, hatten sich mitunter schmerzhaft in Mirandas empfindsame Gehörnerven miaut, doch diese hier wirkte eher wie ein Bass unter den vielen Sopranstimmen. Sie konnte noch so sehr nach Zuwendung betteln, es wurde immer ein harmonischer Klang daraus, der den Anblick des Gartens musikalisch untermalte.

Sie war die Queen des Gartens. Deshalb nannte Miranda sie auch so. Diese Katze war etwas Besonderes und sie kam aus dem hintersten Gebüsch hervorgekrochen, sobald Miranda auch noch so leise »Queeny« durch den Garten rief. Diese Katze war magisch und daran hatte Miranda auch noch nie gezweifelt. Queeny war der gute Geist des Gartens und sie war gefühlte hundert Jahre alt. In früheren Jahren hatte sie sich nicht zähmen lassen und stattdessen immer nur alles aus weiter Ferne und in guter Deckung, mitunter stundenlang, beobachtet. Erst nachdem Queeny miterlebt hatte, wie traurig Miranda beim Tod des kleinen schwarzen Katers Puma gewesen war, und sie Miranda unverdrossen bei der verheulten Beerdigungsaktion zugeschaut hatte, wurde die Gartenqueen urplötzlich zutraulich und wich Miranda kaum jemals mehr von der Seite. Fortan ließ Queeny jederzeit, selbst wenn sie noch so hungrig war, ihr Futter stehen, nur um bloß keine Gelegenheit für Streicheleinheiten zu verpassen. Queeny gehörte irgendwann schon zum festen Bestand des Gartens, sie hatte so viele Katzen kommen und gehen gesehen; die meisten waren früher oder später unbekannten dunklen Mächten des unüberschaubaren Geländes zum Opfer gefallen. Entweder hatten sie sich seltsam verändert und waren dann bald spurlos verschwunden oder sie hatten eines Tages tot, obwohl äußerlich unversehrt, im Garten gelegen. Leider hatte Miranda sich ausgerechnet den sterblichen Überresten ihrer besonderen Lieblinge zuwenden müssen. Und bei Puma hatte sie zuvor eine Woche Zeit gehabt, sein geduldiges auf den Tod warten mitzuerleben.

Der Kater hatte sich ein Plätzchen zum Sterben ausgesucht, von dem aus er immer hatte sehen können, wenn Miranda im Garten erschienen war. Sie hatte gewusst, dass er auf seinen Tod wartete, leider hatte sie damals diesem ihrem Wissen nicht geglaubt. Das Geplapper ihres Verstandes hatte alles übertönt, war doch der glänzende schwarze Kater noch sehr jung, elegant und äußerlich völlig gesund erschienen.

Puma war die erste Katze gewesen, von der Miranda eine Liebe erfahren hatte, die so bedingungslos und vollumfänglich gewesen war, dass allein die Erinnerung daran sie immer wieder sprachlos machte, und das wollte bei Miranda schon was heißen. Als sie drei Tage nach Pumas Begräbnis endlich wieder tränenfrei den Ort, an dem sie den kleinen Kater leblos vorgefunden hatte, betrachten konnte, war ein weißblaues Leuchten vom Boden aufgestiegen und wie eine Elfe in die Höhe geschwebt. Dieser Moment hatte Miranda mit einer überströmenden Dankbarkeit und Liebe für Puma erfüllt; sie konnte ihn endlich frei entschweben lassen und alle ihre Selbstvorwürfe, ihm nicht rechtzeitig geholfen zu haben, lösten sich augenblicklich und restlos in diesem Erstrahlen auf. Und so war eine Liebe übrig geblieben, die sie noch immer für ihn empfand, eine Liebe, die ihr vorkam, als wenn Puma sie ihr als Abschiedsgeschenk zurück gelassen hätte.

Und nach diesem Tag kam Queeny plötzlich ganz dicht zu Miranda und fragte sie, ob sie vielleicht fortan ein Plätzchen in ihrem Herzen bekommen könnte. Das konnte Miranda nicht abschlagen, so oder so nicht, schließlich war diese Katze doch die Queen des Gartens, und das zeigte sie allein schon durch ihr den Garten beherrschendes Auftreten. Queeny schaffte es als Einzige, so viele Jahre zu bleiben, zu überleben, und sich selbst zu versorgen; Menschen zu meiden kann ja durchaus auch sinnvoll sein.

Miranda hatte sich mal dabei erwischt, sich zu fragen, ob vielleicht Pumas Geist bei der Beerdigung in Queeny eingefahren wäre; sie war währenddessen so ungewöhnlich ausdauernd in unmittelbarer Nähe gewesen. Oder könnte Queeny gar selbst ein Geist sein? Eine

Geisterkatze? Da spräche einiges dafür. Denn sie fraß nur wenig, bekam keine Kinder, obwohl sie die Kater, die sie jedes Jahr im Schlepptau hatte, einige Mutproben bestehen ließ, und wollte letztlich dauernd nur kuscheln und Mirandas Aufmerksamkeit aufsaugen.

Und ... sie passte immer auf Miranda auf.

Nach drei Tagen Regen zeigte sich endlich wieder die Sonne. Miranda war träge geworden vom immer nur in der Stube sitzen. Sie musste sich richtig aufraffen, um überhaupt in den Garten zu gehen, dabei hätte sie sich darauf freuen sollen. Draußen empfingen sie Sonnenstrahlen, die bald schon ihren roten Pullover durchdrangen. Miranda reckte dieser herrlich wohligen Wintersonnenwärme ihr Gesicht entgegen und schloss die Augen.

Endlich drang die eingeatmete Luft wieder richtig pulsierend in sie ein.

Und ... da war es wieder, das Kribbeln im Bauchraum. Mirandas Blick wanderte nach innen und fand dort das rote Schleifenbändchen, das Purzelbäume in ihr zu schlagen schien. Es berührte dabei ihre Innenwände und streichelte sie unsagbar zart, schlängelte sich auf verborgenen Serpentinen in ihren Bauchraum hinab und wagte sich ziemlich tief vor. *Ist mein Bauch da nicht schon zu Ende? Nichts gegen ein paar Streicheleinheiten in diesem Bereich, aber ausgerechnet von einem Schleifenbändchen?* Miranda konnte sich den Gedanken nicht verkneifen, doch er war zu leise, um das Schleifenbändchen zu erschrecken.

Es pulsierte beachtlich und bald ließen sich Innen und Außen nicht mehr so genau voneinander unterscheiden. Miranda trippelte ein paar Schritte rückwärts und lehnte sich Halt suchend an die Hauswand. Ihr Seufzer entsprang denselben Tiefen, die ohnehin gerade ihre Aufmerksamkeit auf sich zogen. Sie war kurz davor, zu schnaufen. Die Sonne streichelte ihr mit sanften Strahlenfingern das Gesicht und Miranda stellte sich vor, wie Queeny ihre Beine umstreichen würde, *... Ich hätte gern Streicheleinheiten von allen Seiten!* Beinahe hätte dieser Gedanke alles verdorben, doch schnurrend machte die Gartenkatze darauf aufmerksam, dass sie nicht nur erdacht war. Sie strich ihr tatsächlich um die Beine und Miranda wagte nicht, die Augen zu öffnen, wollte die Katze im Augenblick nicht wahr haben; es fühlte sich zu gut an, was da gerade mit ihr geschah.

Ein Windhauch kühlte ihre glühenden Wangen und fächelte ihr etwas mehr Luft zu. Hinter Mirandas geschlossenen Augenlidern bildete sich ein perfektes Rotlichtviertel. Miranda wollte sich selbst berühren, doch ihre Arme hingen schlaff an ihr herunter, als wenn sie nicht zu ihr gehörten. Ihr Körper schien sich vergeistigt zu haben, außer an einer Stelle, die ihr Bewusstsein allmählich aufzusaugen schien. Die Katze hatte sich quer über Mirandas Füße gelegt und schnurrte leise vor sich hin. Für einen Augenblick war es Miranda peinlich, was gerade geschah, doch darüber kam sie mit einer Notlüge hinweg:

Die Katze ist ja nur eine Katze, die merkt nicht, was hier abläuft.

Das in sich aufsteigende Kichern über diesen Quatsch störte Miranda schon nicht mehr, es verflüchtigte sich wie herabrieselndes Brausepulver an den Ort des Geschehens und ließ es in Miranda krabbeln, wie beim Abwärtsschwung auf einem Riesenrad. Miranda sah tatsächlich ein Riesenrad vor sich, es war

Nacht und die Lichter der vielen bunten Lämpchen flossen ineinander wie für einen Kurzsichtigen ohne Brille. Das Rad drehte sich schneller, der Punkt, den Miranda fixierte, kam wieder oben an, dann wieder unten, wieder und wieder. Sodann begann das Feuerwerk und der ganze Rummel löste sich auf im Getöse der Böller und ihrer Farbenpracht. In Mirandas Kopf schien eine heiße Quelle hervorzusprudeln, die allmählich den ganzen Körper durchflutete. Miranda öffnete die Augen und blinzelte vorsichtig gegen das helle Umgebungslicht an. Vor ihrem Kopf entstand unversehens ein Sog, der in Wirbeln alle eben noch geschauten Bilder aus ihr heraus zog und spurlos verschwinden ließ. Miranda schüttelte unwillkürlich den Kopf und fragte sich, wo sie sei. Sie fühlte sich, als wäre sie aus einem Traum geweckt worden, den sie lieber noch ein bisschen weiter geträumt hätte. Aber es war niemand da, der sie geweckt haben könnte, nur die Katze lag mit deutlich spürbarem Gewicht auf ihren Füßen und tat, als wenn sie schliefe. Mit einem Blinzeln verriet sie sich. Ein Augenlid hatte sich ein ganz klein wenig angehoben, doch weit genug, dass Miranda erkannte, wie Queeny sie regelrecht anzugrinsen schien. Miranda zog ihre Füße vorsichtig unter dem Fußwärmer hervor, ging ein paar Schritte auf dem Sockel auf und ab und fragte sich: *Ist das gerade wirklich passiert? Hier draußen inmitten des Gartens? Was sollen jetzt unsere Hausgeister von mir denken? Die haben das bestimmt mitbekommen und sich nicht entgehen lassen, mir dabei zuzusehen ... Alles klar! Ich bin wieder voll da, solche Gedanken können nur von mir stammen ... Was mache ich jetzt? Soll ich ins Haus gehen und die Küche aufräumen, als wenn nichts geschehen wäre, soll ich mich umziehen, um etwas im Garten zu arbeiten? ... Nein, da würde ich mich bestimmt völlig verausgaben, als wenn ich das Geschenk, das ich erhalten habe, zurückzahlen müsste, es wäre äußerst schade darum. Und einfach nur Bäume schneiden?*

Ein Windstoß fuhr Miranda unter den Pullover und erinnerte sie daran, dass trotz der wärmenden Sonne Winter war. Es war Januar und so ließ sich Miranda widerstandslos vom nächsten Windstoß zum Hauseingang dirigieren. Als Miranda eintrat, kam Konrad gerade die Treppe herunter und direkt auf sie zu. Er öffnete seine Arme und schloss Miranda in sich ein. *Oh, wie gut das tut!* Miranda atmete Konrads Duft und konnte gar nicht genug davon bekommen. Sie schnupperte an seinem Nacken und ihre schnüffelnden kurzen Luftstöße begannen ihn zu krabbeln. Er gluckste auf und rieb seine Wange an ihrer Schulter. Konrad und Miranda umarmten sich ganz fest und jeder zog den einschließenden Ring enger und enger, bis sie fürchteten, ihnen würden bald die Rippen brechen. Das erlösende, laut schallende Lachen hallte durch den Flur und durchs Treppenhaus hinauf. Mirandas Blick folgte diesem Ton und der Anblick des Treppenhauses erinnerte sie schlagartig an die Erfahrung mit dem unzüchtigen Schleifenbändchen. Kaum hatte sich dieser Gedanke eingestellt, sah sie Schlieren im Treppenhaus, ... nebelige Schleier, die wie Elfen auf und ab tanzten. Mirandas Sicht stellte sich auf deutlichste Schärfe ein, als wenn sie ein Fernglas vor sich justieren würde. Die Elfenschleier bildeten einen Reigen, tanzten im Kreis und stiegen nacheinander wie Orgelpfeifen in die Höhe und danach in gleicher Reihenfolge wieder herab. Auf und ab; es schien ihnen einfach nur Spaß zu machen, wie den Tauben, die immer wieder den Segelflug der Möwen imitierten und das ja auch nicht etwa zur Nahrungsbeschaffung betrieben. Allerdings erinnerte Miranda sich gerade eher an Schwälbchen, die so oft den Aufwind vor dem Steilhang unterhalb des Hauses nutzten. Ihr freudvolles *Schwälbisch* erschallte ihr im Ohr, als käme es direkt aus der Stereoanlage. Surround-Sound sozusagen.

Konrad merkte, wie Miranda aus ihrer Umarmung heraus ins Treppenhaus starrte und schob seinen Körper sachte um ihren herum. Er presste sich fest an Mirandas Rücken und sie spürte, wie seine Brustmuskeln gegen ihre Schulterblätter drückten. Sein warmer Hauch umspielte ihr das Ohr, die Surround-Sound-Schwälbchen flatterten, Fledermäusen gleich, durch den Flur und drehten ihre viel zu engen Kreise um die Beiden herum. Miranda lächelte, denn sie hielt Schwalben für Wundertiere, sie liebte sie schon von Kindheit an.

Konrad schob seinen linken Oberschenkel gegen Mirandas, bis ein gemeinsamer Schritt nach vorn daraus wurde, dann den rechten und wieder ein gemeinsamer Schritt. So näherten sie sich dem Treppenhausschacht. Auf den Stufen wurde dieses gemeinsame Laufen eine Kunst. Nach wie vor schob Konrad Miranda seinen Oberschenkel entgegen, doch jetzt drückte er sein anwinkelndes Knie in Mirandas Kniekehle und schaffte mit diesem seltsamen Anstoß, dass Mirandas Fuß eine Stufe höher auftrat als seiner. Gut, dass solche Bewegungsabläufe eher wie bei einem Tausendfüßler ablaufen, der sich ja auch nicht fragen darf, wie das denn funktioniert, was er da bewerkstelligt.

Fast berührten die Beiden die ersten Nebelschleier und waren gespannt, wie diese diesmal darauf reagieren, ob sie ihnen wieder ausweichen würden. Noch nie war es den Beiden gelungen, hier im Treppenhaus physischen Kontakt zu diesen schwebenden Bändern aufzunehmen.

Vor Miranda öffnete sich der Kreis der Elfen. Sie ließen die Beiden eintreten und nahmen sie in ihrer Mitte auf. Die Nebel färbten sich rot und Miranda war versucht, nach der anstrahlenden Rotlichtlampe zu suchen, spürte aber einen zarten Rippenstoß von Konrad und sein Atem flog zart rot schimmernd und elfengleich um ihren Kopf herum. *Kann er mir so Gedanken übertragen?* Jemandem seinen Atem einhauchen ... bekam dabei eine ganz neue Bedeutung für Miranda. Doch ihr Gedankenkarussell hielt augenblicklich wieder an.

Die berührungslose Elfen-Einkreisung hatte geradezu etwas Feierliches an sich.

Miranda bemerkte ein aufgeregtes Sausen in sich toben, welches sie an eine aufsehenerregende Pokalübergabe erinnerte, als sie wie aus weiter Ferne ein Echo ihrer Erinnerung an eine Fernsehübertragung vernahm: ... *und der Preis geht an ...* Miranda neigte instinktiv, doch verlegen ihren Kopf, als sich ihr plötzlich ein rotes Schleifenbändchen um den Hals legte. In diesem Augenblick wäre Miranda gern im Boden versunken, wie die Bändchen sonst immer hier auf diesen Stufen. Sie wollte sich einfach nicht vorstellen, dass ihr kleines Geheimnis schon dermaßen an der großen Glocke hing. Ihr umgelegtes Schleifenbändchen war zwar eigenartigerweise nicht fühlbar, doch sie sah, wie es ihr mit einem Ende vorsichtig den Ausschnitt streichelte. *Warum kann ich jetzt diese Berührung nicht spüren? Kann ich diese Zartheit nur in meinem Inneren wahrnehmen? Und ist das heute so etwas wie eine Vereinigung mit dem Unerklärbaren gewesen?* Geistesabwesend strich sie über das Band, das sich ihr wie ein Tuch um den Hals geschlungen hatte und mit seinen Enden bis zu ihrem Bauch herabhing. Es schien sich dabei an ihr festzuhalten, wie ein Ärmchen von einem Tintenfisch.

Wenn ich mich heute mit diesem Etwas verbunden habe, heißt das dann, dass ich es nicht mehr verlieren kann, werde ich es immer um mich haben?

Konrads Hände umfassten Mirandas Taille, als wollte er Miranda wie in einem Ballett in die Höhe heben. Tatsächlich schwebte sie kurz darauf in die Höhe und hoffte doch inständig, Konrad möge sie an den Fußknöcheln ergreifen und sie nicht ganz alleine abdriften lassen. Seine Hände umschlossen prompt ihre Füße und gaben ihr das ersehnte Sicherheitsgefühl. Obwohl der Halt ein wenig an diese Gummi-Schlaufe erinnerte, die beim Heimtrainerfahrrad den Fuß auf der Pedale halten soll, war Miranda doch unendlich dankbar für diesen warmen umfassenden Druck. Sie hatte Angst. Und das, obwohl sie dieses Erlebnis hier im

Treppenhaus schon so oft großartig gefunden hatten. Was machte ihr dieses Mal Angst? Die aufgehobene Distanz zu diesen unerklärbaren Wesen vielleicht? Miranda zog die Schultern ein, denn sie empfand eine neuartige Belastung darauf, ... als hätte sie eine Verantwortung übernommen, dabei war sie von niemandem gefragt worden, ob sie die wohl übernehmen wollte.

»Du hast sie angenommen«, hörte sie eine Stimme: »Keiner hat dich dazu gezwungen, du wusstest genau, was du tatst. Du hast keinen der Fluchtwege genutzt, die du durchaus in Augenschein genommen hattest, bevor du dich dem Unbekannten überlassen hast. Du warst überaus neugierig, wohin die Reise führen würde. Oder nicht?« Wieder fragte Miranda sich, wer da zu ihr sprach. Sie blickte nach unten, die Treppenstufen kamen ihr zügig näher, das Gewicht der Gedanken war zu viel für elfische Höhenflüge. Die Schwalben kreischten auf, als hätten sie einen Raubvogel gesehen. Miranda plumpste auf die Stufe und ohne Konrad wäre sie wohl ordentlich zu Fall gekommen. Doch er hielt sie sicher in seinen Armen und fragte nicht, was denn los wäre. Er hielt sie einfach fest, bis sie ihr Gewicht nicht mehr spürte und sein Atem erneut rosarot und elfisch um ihren Kopf zu kreisen begann. Seine Hände an ihrer Taille verrieten ihr, dass er merkte, wann sie soweit war, wieder aufsteigen zu können. Konrad hob Miranda an und reichte sie den Schleiern entgegen, als wollte er sie ihnen darbieten. Das Gezwitscher der Schwalben schwoll an, als flögen ganze Hundertschaften um die Beiden herum. Diese Töne weckten in Miranda ein Gefühl von Sommer und augenblicklich umwehte sie ein Hauch Jasmin, gemischt mit Rosenduft und dem schweren Parfüm der Orangenblüten. Mirandas Sinne folgten diesem unwiderstehlichen Reiz und lernten, den Duft zu sehen, zu spüren, zu hören. Und Miranda schoss durch das Dach des Hauses und flog davon. Sie flog, die Arme lang ausgestreckt, wie eine Seeschlange durch die Luft. Auf und ab steuerte sie mit einer Bauchbewegung, die dem Abstoßen beim Schaukeln ähnelte. Je schneller sie diesen Schaukelbeschleunigungsschwung ausführte, desto schneller flog sie. Sie flog aktiv, nicht mehr nur passiv. Bisher hatte sie immer nur schweben gekonnt und sich wie vom Wind angepustet treiben lassen, doch nun endlich hatte sie raus wie es gelang, selber zu steuern. Miranda war glücklich, unendlich glücklich. Und sie tauchte in einen reißenden Fluss ein und wusste plötzlich, dass sie sich darin genauso bewegen konnte, wie in der Luft. Es war die gleiche Bewegung, die sie voran brachte, Wasser, Luft ... einerlei, Miranda hatte es im Griff, sie zweifelte nicht an sich, sie fühlte sich ein. Und dieser Zustand schob all ihre Gedanken beiseite. Sie erschienen Miranda nur noch, wie vorüber eilende Bäume und Häuser hinter den Fenstern einer Eisenbahn in voller Fahrt.

Miranda hob sich heraus aus dem strömenden Wasser und stieg wieder in die Höhe. Die Elemente konnten ihr nichts anhaben, Wasser machte sie nicht nass, Luft nicht kalt oder warm. Und so flog Miranda unbeschwert weiter.

An einem Berghang entdeckte Miranda plötzlich eine Gestalt mit wehenden Haaren, sie wirkte wie eine lebendig gewordene Statue oder wie die Göttin der Schönheit selbst.

Ein seltsamer Schauer lief Miranda über den Rücken und fast im selben Moment erkannte sie schlagartig die vermeintlich fremde Gestalt. Es war Lilly ... und zwar ihre Lilly ... diejenige, die sie einst so überirdisch zu lieben glaubte. Doch Miranda hatte sie später von sich gewiesen, denn sie hatte Angst gehabt vor dem, was Lilly ihr offenbart hatte. Lilly hatte Miranda vollkommen erkannt. Sie hatte es vermocht, ihre Gedanken zu lesen und sie zu verstehen, sie hatte alles über Miranda gewusst, alles, auch das, was Miranda selbst verborgen gewesen war. Und Miranda hatte Angst davor gehabt, Licht ins Dunkel bringen zu lassen.

Miranda flog zögernd auf Lilly zu, doch Lilly lächelte ihr so aufmunternd entgegen, dass Miranda sich freute, sie wiederzusehen. Lilly nahm es ihr offenbar nicht übel, dass Miranda sie nicht mehr hatte sehen wollen.

Miranda landete auf dem Berg, allerdings viel näher an Lilly, als sie beabsichtigt hatte. Lilly schloss sie sofort in ihre Arme. Und das einst so vertraute Sausen setzte wieder ein. Lilly hatte schon immer alles in Miranda durcheinander gewirbelt. Lilly ... Mirandas magische Fee, ... ihre geliebte Hexe. Miranda stammelte ein ›tut mir leid‹ hervor und wollte versprechen, Lilly nie wieder zu verstoßen, doch die legte ihr zart ihren Finger auf die Lippen und antwortete mit einem Blick, à la versprich nichts, was du nicht halten kannst. Instinktiv wusste Miranda, dass es keine Sicherheiten gab, doch in diesem Augenblick mochte sie Lilly wahrlich nie wieder verlieren. Vielleicht würde Miranda ihr nun standhalten können, nun, nachdem sie sich mit einem magischen Schleifenbändchen verbunden hatte.

Lilly strich Miranda durchs Haar und wirkte dabei so sexy wie eh und je. Lillys Schönheit wirkte einschüchternd, zumal Mirandas erste Falten ihr jeden Morgen sagten, dass sie selbst wohl eher nicht zu den ›zauberhaften‹ Hexen zählte. *Verflucht noch mal, bei aller Freude, aber dieses gewisse Etwas, das von Lilly aus-geht, scheint mich ja regelrecht zu erotisieren.* Diese Erkenntnis fand Miranda äußerst beunruhigend, so sehr sogar, dass sie ein wenig verstehen konnte, warum sie Lilly damals lieber hatte fernbleiben wollen. In der Nähe dieser Gestalt begann sich jede Zelle ihres Körpers an einer kleinen Walpurgisnacht zu beteiligen. Lilly brachte Mirandas Blut zum Kochen und die Erregung zitterte nicht mehr nur in ihren Fingern. Wie als Antwort auf ihre

Gedanken flötete Lilly: »Hab keine Angst, du brauchst das als Treibstoff. Was glaubst du denn, auf welche Weise ein Mensch fliegen könnte?« Miranda hatte es geahnt, den Verdacht hatte sie schon lange gehabt und als Lilly es ausgesprochen hatte, glaubte sie es ihr aufs Wort. *Sie weiß offensichtlich, was sie gerade in mir verursacht, so wie sie kichert. Sie hat offensichtlich einen Heidenspaß daran, mir etwas mehr Treibstoff zukommen zu lassen, als unbedingt nötig wäre. Ich flirre regelrecht und komme mir vor wie in einem Libellenschwarm.* Und prompt schwirrten Lilly und Miranda für einen kurzen Augenblick täuschend echt wie Libellen umher. Dabei kreisten sie über dem gleichen Berg, auf dem Miranda Lilly entdeckt hatte. Doch sie landeten bald darauf wieder, um einem Steinkreis einen Besuch abzustatten. Dort setzten sie sich auf einen Felsen, der unter ihnen zu einem überraschend bequemen Sofa wurde. Das kurzzeitige libellenartige Schwirren hatte offenbar die Wogen etwas geglättet, denn danach konnte Miranda Lilly wieder aushalten. Allerdings geschah etwas Sonderbares; inmitten dieses Steinkreises konnte Miranda auf einmal Energien regelrecht sehen. Das, was vorhin ein heftiges Pulsieren gewesen war, zog sich nun in sie zurück, wie die Fühler einer an gestupsten Schnecke.

Dieses gemeinsame Schwirren war offenbar eine Lektion gewesen. Vielleicht hätte Miranda sich damals weniger vor Lilly gefürchtet, wenn sie schon gewusst hätte, dass Lilly nicht nur mit ihr spielte, sondern ihr etwas vermitteln wollte. Zwar hätte Miranda diesen Schluss auch damals schon ziehen können, aber da war sie wohl noch nicht soweit gewesen. Oder das Schleifenbändchen hatte ihr gefehlt.

»Weißt du das mit dem Bändchen?«, hauchte Miranda Lilly zu. »Na hör mal, so etwas entgeht mir doch nicht!«, beschwerte sich Lilly mit gespielter Entrüstung und setzte fort: »Außerdem ist es gar nicht zu übersehen! Jedes magische Wesen sieht es an dir, auch, wenn du selbst es vorerst noch nicht sehen wirst. Aber ziehe keine falschen Schlüsse daraus, wenn dir Wesen der einen oder anderen Art neuerdings auffällig hinterherlaufen werden. Für manche bist du weiterhin nur jemand Liebevolles mit einem Fressnapf, denn auch bei den Tieren sind nicht alle magisch. Es sind immer nur einige!«

Miranda schaute Lilly unwillkürlich in die Augen, weil sie gewohnt war, in Gesprächen Blickkontakt zu halten, aber *huch*, bei Lilly sollte sie sich das wohl lieber abgewöhnen, denn es kam einer Schnellzündung gleich und könnte allzu leicht ein zwanghaftes Flugunternehmen daraus machen.

Lilly kicherte schon wieder, doch diesmal freute sie sich vor allem über Mirandas erhellenden Gedanken. Sie liebte es nicht, ihr etwas erklären zu müssen, Miranda sollte selber Schlüsse ziehen.

Es geht doch nichts über eigene Erfahrungen, dachte Miranda prompt. *Überschussenergie kann man wieder ausschwirren. Und Energien kann man auch sehen. Toll! ... Aber was ist jetzt los, meine Gedanken ziehen mich wohl runter!* Auch damit musste Miranda noch Erfahrungen sammeln.

Lilly fasste Miranda sanft, aber entschieden unters Kinn und drehte ihr Gesicht auf sich zu. Miranda schloss lieber schnell die Augen, *noch so einen Blick von ihr ertrage ich jetzt nicht.*

Doch Lilly drängte sich in Mirandas Gedanken: »Wovor hast du überhaupt Angst? Vor dem Fliegen oder davor, dass ich deine Potentiale wecke?« Lillys Frage stand überlaut in einem plötzlich viel zu stillen Raum.

Das Fliegen hatte Miranda vorhin so sehr genießen können, sie bezweifelte, dass sie davor noch Angst haben könnte. *Aber Potentiale sind doch eigentlich etwas Schönes, warum sollte ich davor Angst haben?* Miranda entschied, es sei eher die Art und Weise, wie Lilly ihre Potentiale weckte. Sie fühlte sich ihr und ihrer Macht dabei so völlig ausgeliefert. Doch Mirandas Vorbehalte wurden von Lilly entkräftet: »Dafür hast du ja jetzt gelernt, die Dinge zu steuern. Du musst es nur auch tun, bei mir hast du es noch gar nicht versucht!« Lilly hatte Recht, wie immer. Miranda wäre bisher niemals auf die Idee gekommen, Lillys Bannkreis infrage zu stellen. *Ihre Macht über mich ist so riesig,* ... doch plötzlich begriff Miranda etwas: *Ich war es ja schließlich, die Lilly einst verbannt oder zum Teufel gewünscht hatte. Vielleicht hätte Lilly überhaupt nicht aus eigenen Stücken zu mir zurückkehren können, bevor ich mich insgeheim angefangen habe, nach ihr zu sehnen.* Diese Einsicht versetzte Miranda einen ernüchternden Schlag. *Nur gut, dass wir stabil sitzen und nicht irgendwo durch die Lüfte sausen, ich würde glatt abstürzen wie ein abgeschossener Vogel, der wie ein Stein zu Boden fällt.*

Was dann über sie kam, fühlte sich gar nicht gut an, Lilly schien sich in Luft aufzulösen und der Steinkreis ebenso. »Schau mir in die Augen!«, hörte Miranda eine Stimme bestimmt dreimal hintereinander sagen, … bis sie endlich begriff, was gemeint war. Aber ihre Augen wollten sich partout nicht öffnen, sie schaffte es nicht, Lilly in die Augen zu sehen. Und dabei war Miranda nur zu bewusst, wie dringend sie jetzt einen Blick von Lilly nötig hatte. »Schau mir in die Augen, Kleines«, vernahm sie wieder.

Warum in Gottes Namen höre ich das nicht mit Lillys Stimme, das wäre viel wirksamer!

Mit dem rechten Auge schaffte Miranda ein Blinzeln. Der kleine Spalt offenbarte jedoch, was sie bereits befürchtet hatte. Lilly war nicht mehr da, der Steinkreis war nicht mehr da. Miranda erkannte nichts mehr um sich herum, alles war grau wie eine undurchdringliche

Wolke, die das Atmen schwer machte. Mirandas Sinne waren wie betäubt, sie spürte nichts mehr, sie spürte überhaupt nichts mehr, sie dachte ..., alles Gedanken, ... überall Gedanken, *Hilfe! Ich falle!* ... und Konrad fing sie zum Glück äußerst geschickt auf. Schwuppdiwupp stand sie wieder im Treppenhaus. Keine Bändchen, keine Schlieren und nicht gerade elfenhaft gelandet, fühlte Miranda sich restlos verloren und verkroch sich schnell an Konrads Brust. Ihr war zum Heulen, doch selbst ihre Tränen waren vor Schreck versteinert und blieben wo sie waren. Konrad küsste Miranda ganz vorsichtig auf die Stirn, auf die Wange, auf die Nasenspitze, auf den Mund. Zarte Stupse-Küsschen, die an einen Wiederbelebungsversuch von einem Bernhardiner erinnerten, der jemanden nach einem Lawinenunfall aufgestöbert hat.

Konrad führte Miranda von der Treppe, zog sie hinter sich her in die Küche und setzte sie auf einen Stuhl. Wortlos legte er einen Knoblauch vor Miranda auf den Tisch und schob ihr das Messer und ein Schneidebrettchen zu, selber setzte er Nudelwasser auf. Miranda schälte eine Knoblauchzehe nach der anderen und machte das so mechanisch, dass sie einfach immer weiter schälte, bis die ganze Knolle auseinandergenommen war.

Spaghetti aglio olio mit Reibekäse waren ein echter Geheimtipp gegen Kopfturbulenzen aller Art. Doch Konrad grinste Miranda an, als er den üppigen Haufen klein geschnippelten Knoblauch vor ihr entdeckte. »Ist es so schlimm?«, fragte er im Scherz. Miranda kicherte ertappt, hielt ihm das Brettchen mit dem vielen Knoblauch entgegen und witzelte: »Was gegen Vampire hilft, wendet bestimmt alles Übel dieser Welt von einem ab«. Sie lachten herzerfrischend, während die Nudeln munter überkochten. Das Salzwasser zischte auf der Herdplatte und schien den Beiden eine lange Nase zu machen, von wegen *gegen alle Übel dieser Welt*. Erneut prusteten die Beiden los angesichts dieses Unsinns.

Doch sind das nicht die kostbaren Momente im Leben einer Zweierbeziehung, dieses Lachen, wenn man auch fluchen könnte? Wann immer es gelang, einen Aufschrei, einen Wutausbruch, einen Fluch, einen Ärger durch Lachen in Luft aufzulösen, umhüllte sie diese großartige Dankbarkeit, die sich ihnen wie ein kuscheli-

ger warmer Mantel um die Schultern schmiegte. Denn weiß Gott, es gelang nicht immer.
Diese Momente waren kostbar, wie klein sie
auch sein mochten, und sie waren ein Hoffnungsschimmer für die zukünftigen lieben
kleinen Katastrophen des Alltags.

Nach dem Essen fühlten sich die Beiden
rundum wohl. Sie verkrümelten sich ins
Wohnzimmer und Miranda schnappte sich ein
Buch. Eine schöne Tradition hatte bei ihnen
Einzug gehalten; sie lasen sich gegenseitig
etwas vor, damit sie gleichzeitig das gleiche
Buch lesen konnten. Dieses Mal hatte Miranda
ein kleines Gedichtbändchen ausgesucht. Sie
schaute Konrad fragend an, ob auch er die
passende Stimmung hätte, um sich auf Gedich-
te einzulassen. Er erwiderte ihren Blick mit
einem wissenden Lächeln und nickte. Miranda
schlug das Büchlein auf und wählte das
Gedicht aus, das sich ihr zuerst zeigte. Und
gleich darauf erweckte ihre Stimme die Zeilen
zum Leben:

SELBSTLOS

Ich nicht ich
du nicht du,
die Zeit dazwischen und viele Welten.
Fühlen, was wir fühlten,
trinken, was uns berauschte;
Glückseligkeit nicht mehr nur ein Wort.
Die Knospe entfaltet sich,
im Zeitraffer wird dunkel hell und stickig frisch.
Die Bunt-Welt öffnet ihre Arme
und nimmt uns auf, nachdem wir sie erkannten.
Froh, gefunden zu haben,
versprechen wollend, niemals wieder zu vergessen,
den Augenblick annehmen und genießen,
was der flüchtig geöffnete Spalt preisgibt.
Keinerlei Sicherheit, kein Entkommen,
doch der erhebende Flügelschlag trägt
durch die freien Lüfte,
selbst wenn nur
für die Dauer des Augenblicks.
Atemluft durchströmt uns gemeinsam,
erinnert uns an gestern.
Füllen wir die Lungen und freuen uns
auf morgen.

Einige Tage später beschloss Miranda, endlich wieder in den Garten zu gehen, um sich mal so richtig zu verausgaben. Draußen sah es zwar ungemütlich aus, aber Miranda wollte schließlich nicht den ganzen Winter lang zum Stubenhocker werden. Geschwind schlüpfte sie in die kalten Gartenklamotten und prustete vor sich hin, als ob das Prusten sie wieder aufwärmen könnte. Dann eilte sie auf die Terrasse und rannte über den Sockel, einmal hin und zurück und noch einmal wieder. Die Krähen in der gegenüberliegenden Kiefer flogen panisch auf und versuchten herauszufinden, was für einen Alarm sie denn ausrufen müssten, angesichts Mirandas richtungsloser Fluchttendenzen. Miranda blieb stehen und schaute der Krähe direkt über sich entgegen und nuschelte ihr zugewandt leise vor sich hin, sie liefe nur vor der Kälte weg. Die Krähe drehte daraufhin ab und beruhigte sich wieder. Miranda grinste vor sich hin und wunderte sich nicht, dass die Krähe sie verstanden hatte. Ein zwei »Krah, krah« noch und die anderen Flüchtigen ließen sich wieder in den eben noch hektisch verlassenen Kieferzweigen nieder. Trotzdem war Unruhe eingekehrt. Nun gab es Streit und eine

Krähe wurde davon gejagt. Sie versuchte immer wieder zu landen; die Kiefer wäre groß genug für alle gewesen, aber ihre Landeversuche wurden nicht geduldet. Zwei der anderen Krähen machten sich auf, um der Widerspenstigen das Fürchten zu lehren. Schließlich flogen alle drei davon und entschwanden Mirandas Blick. Sie holte sich endlich die Hacke und ließ ihre Blicke über die Baumlöcher gleiten: *Irgendwo müsste doch bestimmt mal umgegraben werden.*

Miranda wollte sich dringend warm arbeiten, die aufwärmende Kaffeewirkung vom Frühstück war schon aufgebraucht. Ein kleiner Apfelsinenbaum in einem komplett mit Quecke überwucherten Baum-Beet rief sie in seine Nähe, *genau das Richtige in dieser Situation.* Miranda dehnte sich ausgiebig einmal nach links, einmal nach rechts, eine Beugung noch, ... aber all das machte ihr deutlich, dass sie bei weitem noch nicht in der richtigen Form war, um loszuhacken; doch wie so oft, musste das reichen. Miranda glaubte zwar an den Nutzen von ›warm ups‹, war aber meistens zu ungeduldig dafür.

Die Hacke fuhr tief in den schweren verdichteten Lehmboden, den man im Sommer sonst kaum durchdringen konnte. Doch diesmal, nach den vielen Regenfällen, steckte die Hacke tief fest und Miranda musste ziemlich rütteln und zerren, bis sie das Metall wieder aus der Fuge bekam. Der heftige, ausholende Schwung mit der Hacke hatte ihr noch gut getan, doch das Zerren und Ziehen, um das Hackenblatt wieder heraus zu bekommen, zerrte gleichermaßen an Mirandas noch immer unterkühlten Rückenmuskeln. *Scheußlich!* Sie drehte ihren Kopf hin und her und versuchte ihre Verspannung wieder loszuwerden; dann hackte sie mit deutlich weniger Schwung, aber dafür wie im Akkord, und rückte endlich den Quecke-Wurzeln auf den Leib. In Nullkommanichts befand sich das halbe Beet innerhalb ihrer Schuhe. Miranda hätte die Gummistiefel anziehen sollen, aber sie mochte es nicht, weil das kalte Gummizeug im Winter so unangenehm die Füße kühlte und dabei auch noch zusammenquetschte. Miranda fühlte sich in den Dingern nicht wohl, doch so, mit der vielen Erde in den Lederschuhen, auch nicht. Miranda schüttete die Schuhe aus, stülpte sie sich wieder über die Füße und freute sich, dass diese sich warm anfühlten.

Auf ein Neues! Miranda hackte weiter und grub sich durch das gesamte Baum-Beet. Ihr Rücken beschwerte sich über die tiefhängenden Äste des kleinen Apfelsinenbaums, den sie nicht beschädigen wollte. Miranda versuchte den Ästen auszuweichen, indem sie einen hexenhaften Buckel machte und außerdem die Knie ziemlich stark einknickte. In dieser Haltung schlagkräftig zu hacken war wahrscheinlich nicht nur mit einem Heidenspaß anzuschauen, sondern auch recht mühsam. Bei all dem kam sie mächtig aus der Puste und bald darauf maunzte es ihr freudig entgegen. Die Gartenkatze hatte Miranda schon von weitem an ihrem Schnaufen erkannt und kam ihr ziemlich eilig entgegen gehoppelt. Man sah ihrem Gang durchaus an, dass sie schon recht alt war, aber Miranda wollte gar nicht wissen, was Queeny gerade über ihre buckelige Körperhaltung gedacht haben mochte. Miranda stapfte der Katze ein Stück entgegen und kraulte sie zwischen den Ohren. Queeny schmiegte ihr Köpfchen in Mirandas hohle Hand und schnurrte, als wenn sie das starke

Pulsieren der durch das Hacken überanstrengten Hand beruhigen wollte. Queeny rieb sich mittlerweile an Mirandas Hosenbeinen und drehte Kreise um sie herum wie ein in ein Karussell eingespanntes Pony. Dabei schnurrte und maunzte sie abwechselnd und Miranda wusste inzwischen, dass dieses Maunzen bedeutete, sie sollte ihre Arbeit abbrechen. Aber nicht etwa wie Miranda lange geglaubt hatte, um die Katze zu füttern, sondern, damit Miranda ihrer eigenen Erschöpfung entkäme. Queeny mochte nicht, wenn Miranda sich selber schadete und leider neigte Miranda irgendwie dazu. Oftmals sahen Projekte, die sie sich vorgenommen hatte, anfangs noch überschaubar aus, allerdings verschoben sich inmitten dieses so großen Gartens sehr schnell die Proportionen.

Queeny ließ nicht locker, sie bestand darauf, dass Miranda mit ihr mitkam. Miranda wusste bereits, dass Queeny sich zwar an ihrem Futterplatz, aber doch ohne zu fressen, solange an ihre Beine schmiegen würde, bis Miranda ihre Arbeit völlig vergessen hätte, denn diese Katze war magisch. Doch obwohl Miranda den Vorgang schon kannte, gelang es Queeny trotzdem wieder, diesmal mit einem Blick, der sagte: ›Du musst mich doch liebhaben, aber wenn du mir das nicht zeigst, dann glaube ich es dir nicht und bin g-a-a-a-n-z traurig‹. Selbstverständlich zeigte Miranda ihr daraufhin, wie sehr sie sie mochte, und kraulte sie an all ihren Lieblingsstellen. Queeny warf sich auf den Boden und rollte sich vor Mirandas Füßen hin und her. Miranda lachte, weil die Katze sich so ins Zeug legte, und war überaus vergnügt, aber allmählich durchschaute sie Queenys Manöver; jedoch das herzhafte Lachen durchflutete sie bereits.

Als Miranda zum bearbeiteten Baum-Beet zurückblickte, meinte sie, dass es ja auch genug für diesen Tag sei und kraulte Queeny anerkennend hinter dem Ohr. Queeny hatte es mal wieder geschafft und Miranda war ihr durchaus dankbar. Diese Katze passte wahrlich auf sie auf.

Miranda lief nur noch zurück, um die Hacke zu holen und staunte, wie sehr sich das Beet in so kurzer Zeit verändert hatte.

Kaum hatte Miranda der aufgewühlten Erde den Rücken gekehrt, machten sich die Rotkehlchen über die frische Fundgrube her. Es waren einige, die den gedeckten Tisch zu schätzen wussten, die Rotschwänzchen waren auch dabei. Es war idyllisch. Hier lief alles Hand in Hand und Miranda ging es deutlich besser als noch vor ein, zwei Stunden.

Die Sonne zeigte sich zwar nicht, aber das diffuse Licht blendete trotzdem. Es wäre lächerlich gewesen, dagegen eine Sonnenbrille aufzusetzen. Das einzige Licht des Tages sollte ja auch mal ein bisschen an Mirandas Zirbeldrüse kitzeln. Mirandas Blick schweifte durch den Garten und schwenkte in die Ferne. Das Meer lag ruhig da wie ein Bergsee, auf dem sich die Wolken asphaltfarben widerspiegelten. Miranda zog sich um und begab sich gleich darauf in die Wohnküche. Die geheizte Wohnung wirkte nun wohlig warm. Die frische Luft draußen hatte Miranda aufgerichtet, sie kam sich beinahe ein Stück gewachsen vor. Mietzi sprang aufs Fensterbrett und hatte Miranda offensichtlich schon erwartet, vielleicht war ihr auch nur nicht entgangen, dass Miranda mit der Gartenkatze gekuschelt hatte. Das passte Mietzi nämlich gar nicht. Sie war Mirandas Liebling und wollte das auch bleiben. Miranda schaute ihr in die Augen und pisperte:

»Du wirst immer mein absoluter Liebling bleiben, mein kleiner Schatz, außer dir darf keine Katze dieser Welt in mein Bett«. Daraufhin schmiegte Mietzi ihren Kopf an Mirandas Wange und setzte ihren verträumtesten Blick auf; dazu gesellte sich noch ein gurrendes Schnurren, das ihr sich Einschmeicheln komplett machte. Konrad erwischte die Beiden schmusend am Fenster und umarmte sie alle beide. Sein Kuss in Mirandas Nacken krabbelte ihr den Haaransatz hinauf. Und wieder einmal dachte sie, *diese kleinen Momente sind kostbar.*

Miranda kam es vor, als wäre es Sonntag. War es aber nicht, Konrad und Miranda mussten leider mal wieder zum Einkaufen fahren. Die verträumte Stimmung musste verscheucht werden und einer Zweckorientierung Platz machen.

Zum Glück machte die Fahrt trotzdem Spaß. Die Straßen waren zwar voll und man fragte sich, wo die vielen Autos auf einmal herkamen, aber es forderte Miranda heraus, ihr Auto sicher durch den chaotischen, typisch griechischen Verkehr zu manövrieren. Miranda amüsierte sich köstlich darüber, denn sie fand es jedes Mal spannend mitzuerleben, wie sich

Verkorkungen wieder entkorkten. Sie hatte keine Angst dabei, denn zum Glück hatte ihr Auto noch nie eine Schramme davon getragen, also schien diese spezielle Fahrweise doch zu funktionieren.

Konrad und Miranda waren gut gelaunt vom Einkaufen zurückgekehrt und bedauerten lediglich, dass der halbe Tag dabei umgegangen war. Miranda fragte sich:

Warum ist man eigentlich immer gezwungen, die schönen verträumten Stimmungen zu verscheuchen? Ist das nicht ungerecht? Der zweckgerichtete Verstand hat immer Vorrang. Dabei ist es so schwer, den Kontakt zu den feinen Fäden der Anderswelt wieder aufzunehmen. Die drängen sich nie vor, bleiben immer bescheiden im Hintergrund und warten geduldig, bis man bereit wäre, sie wieder aufzunehmen. Selbst dann ist nicht sicher, dass sie sich erneut hervortrauen.

Miranda schaute aus dem Fenster und betrachtete ein Vögelchen, das im Apfelsinenbaum ein Liedchen pfiff. *Ist es denn so verwunderlich, dass sich die Menschen nach wahrhaftem Erleben sehnen? Zurück zur Natur, Handy-Auszeit, Urlaub im Kloster, Leben auf dem*

Bauernhof ... all das auf der Suche nach selbst-bestimmter Zeit im Zusammenhang?

Nach dem Abendessen stellte Konrad eine bunte Pappschachtel auf den Tisch und Miranda und Konrad machten sich lustvoll über die darin befindliche schokoladene Kalorienbombe her. Solche Cremetörtchen-Kunstwerke gab es beim Dorfbäcker zu kaufen. Als Konrad und Miranda über ihre schnell leer geputzten Teller staunten, schauten sie sich verschmitzt an. Doch der verschmitzte Blick in Konrads Augen verwandelte sich. Anfangs noch versonnen, allmählich aber ernster, schienen Konrads Augen Miranda auf Anzeichen hin abzutasten und Miranda glaubte, zu wissen was er suchte. Sie waren neuerdings nicht mehr zusammen unterwegs. Und so kostbar die Erfahrung mit Lilly auch für Miranda gewesen sein mochte, so sehr sehnten sie sich doch insgeheim nach der Gemeinsamkeit bei ihren verrückten Ausflügen. Miranda schaute Konrad verständnisvoll in die Augen und bemühte sich um einen zuversichtlichen Gesichtsausdruck. Sie glaubte fest daran, dass sie auch wieder gemeinsam abheben würden.

Doch gleichzeitig wurde ihr klar, dass Lilly sich noch nie vor Konrad gezeigt hatte, auch damals vor vielen Jahren nicht. Gut, seitdem war vieles anders geworden und Lilly wusste ja inzwischen wohl auch von Konrads und Mirandas eigentümlichen gemeinsamen Erlebnissen. Miranda überlegte: *Vielleicht müsste Lilly auch ihre Erscheinungsweise entsprechend ändern?*

Miranda schaute noch einmal in Konrads Augen, die ihrem Blick einfach ruhig standhielten. Die Situation erinnerte Miranda seltsam an den Augenblick, in dem sie Phönix den Zugang zu ihrer Seele gewährt hatte.

Miranda und Konrad saßen sich direkt gegenüber und blickten sich über den Tisch hinweg an, auf welchem sich ihre flach ausgestreckten Handflächen beinahe berührten. Das Licht im Raum um sie herum schien sich selber zu dimmen und alles außerhalb der Tischfläche versank in Dunkelheit. Das weiße Tischtuch jedoch begann magisch zu leuchten, als wäre darunter ein Licht-Fluter verborgen. Ihre Gesichter erschienen dennoch nicht weiß beleuchtet, sondern das Licht darauf flackerte golden vor dem düsteren Hintergrund. Miranda widerstand dem Drang, nach den dafür verantwortlichen Kerzen zu suchen, und überließ sich dem seltsamen Lichtschauspiel. Sie fühlte plötzlich eine gummiartige Maske auf ihrem Gesicht, die sich von beiden Schläfen aus zusammenschob, bis eine aufgehäufte Wulst ihre Stirn von der Mitte aus in zwei Hälften teilte. Mirandas Augen versuchten das trennende Hindernis in ihre Sicht der Dinge zu integrieren, doch die Barriere störte wie eine Pappnase auf der Nasenspitze. Konrad rief Miranda mit dem Geräusch scharf durch die Nase eingezogener Luft zurück und brachte Miranda so tatsächlich dazu, sich wieder nur auf seinen Anblick zu konzentrieren. Ein Lächeln spielte um seine Mundwinkel und zuckte neben seinen Augen. Miranda schluckte, als hätte sie soeben dieses versteckte kleine Lächeln getrunken, es rann ihr die Kehle hinab, wie heiß getrunkene Honigmilch. Diese Empfindung ließ sich bis in den Magenbereich verfolgen, doch Miranda zwang ihren nach innen gerichteten Blick, wieder zu Konrads Augen zurückzukehren. Konrads Gesicht begann eigentümlich zu zerfließen und Miranda spürte an dem schiebenden Druck, dass ihr Gesicht wohl gerade dasselbe machte. Die Konturen von Konrads Kopf verwischten und verwirbelten sich. Sein Gesicht changierte zwischen bläulichen und grünlichen Tönen und erinnerte Miranda an den Anblick der Meduse in einem Hollywoodfilm. Aber von Gesicht konnte mittlerweile keine Rede mehr sein. Die Formen veränderten sich ständig und ließen nicht zu, sie auf etwas Beschreibbares festzulegen. Selbst Konrads Augen schienen nur noch aus Blick zu bestehen, der wiederum eher an einen Schacht erinnerte. Ein Rufen aus diesen Schächten heraus saugte Mirandas Aufmerksamkeit restlos auf. Miranda schluckte mehrmals und der viele Speichel verriet ihr ein Unbehagen bei dem, was sie gerade zu tun gedachte. Denn sie wollte, wie ein Odysseus dem Ruf der Sirene folgen und sich fortziehen lassen, ... als das Telefon klingelte.

»Puh«, stieß sie einen Seufzer aus und schnappte nach Luft. »Das war ganz schön heavy!«. Das Telefon klingelte immer noch, doch es gelang Miranda nicht, die Tür zum Alltäglichen so schnell zu öffnen. Sie schüttelte den Kopf und horchte besorgt auf das Knirschen in ihren Halswirbeln. Sie streckte sich ausgiebig und verfluchte das durchdringende Geklingel. Schließlich raffte sie sich auf und begab sich zum Telefon, »Ja bitte«. Doch an der anderen Seite der Leitung schaltete ein Band ein, das ihr eine Versicherung verkaufen wollte. »Na toll!«, die griechische Stimme passte so gar nicht in diesen Teil des Abends. Genervt legte Miranda auf und drehte sich zu Konrad um, der ein lustiges Frätzchen zog. Der Mund war schief wie bei einem traurigen Clown, die Stirn in Sorgenfalten, die Nase nach oben geknautscht in Falten gezogen wie eine Plisseejalousie, es war zum Lachen, Miranda konnte nicht anders, es war zu komisch. Die Erheiterung tat zwar gut, schien aber gleichzeitig den Dimmer für das Umgebungslicht auf oberste Helligkeit zu schieben. Es kam ihr ziemlich hell vor, blendend hell, doch das Licht entsprang dem LED-Deckenfluter. Nirgendwo standen Kerzen und das Tischtuch leuchtete auch nicht von selbst. Konrad schenkte ihr einen liebevollen Blick und streckte ihr seine Arme entgegen. Er wedelte mit den Händen, die ›komm her‹ zu rufen schienen. Miranda, die schon neben Konrads Stuhl stand, bückte sich zu Konrad hinab und legte ihre Stirn auf seine; ihre Nasen lagen der Länge nach aufeinander. Die Augen, in die sie jeweils blickten, wurden bei dieser Nahbetrachtung so groß wie die eines Kälbchens. »Muh!«, flüsterte Miranda, »Muh!«, erwiderte Konrad. Er zog Miranda zu sich auf den Schoß und drückte ihr seine Hände unmissverständlich ins Hohlkreuz. Sie rutschte ganz nah an ihn heran und platzierte ihre Füße jeweils links und rechts von ihm auf den Kufen des Rollenstuhls, auf dem sie saßen. Miranda wurde mächtig warm und ihr Mund suchte nach Konrads Lippen. Er war frisch rasiert, das mochte sie, so wirkten die Lippen weich und geschmeidig und ersparten ihr reflektorische Kaktus-Vermeidung-Rückzüge.

Die Beiden saugten die Luft ein, die sie umgab, und das lag nicht mehr nur an der Rasierwasserwolke, die sich gerade zwischen ihnen aufheizte. Das nächste Telefon könnte getrost ohne sie klingeln. Mirandas Ohren glühten und ihre Stimme war verdammt heiser, als sie Konrad an den Händen nahm und dazu einlud, ihr ins Schlafzimmer zu folgen. Der Abend war noch einmal gerettet, wenn auch anders als eingeläutet. So oder so mündete das in einer schönen Gemeinsamkeitsauffrischung.

✄

Juch-hu! Die Sonne scheint! Miranda hüpfte erfreut auf die Terrassentür zu, hielt mit geschlossenen Augen ihr Gesicht in das goldene Licht und ließ sich von den Strahlen die Stirnfalten glätten. Ab Mittag drangen die Strahlen der tief stehenden Wintersonne bis zur Rückwand des Wohnzimmers vor und man konnte die Regler der Heizer getrost auf null drehen. Das war genau das, was sie vom griechischen Winter erwarteten. Lediglich die Nordseite des Hauses fand keinen Anschluss an diese Wärmedurchflutung.
Die Wolken bildeten seltene Formationen am Himmel, eine platzierte sich zentral wie ein zusammengerollter Polarfuchs mit extra plüschigem Schwanz. Der Wind am Morgen hatte die schwermütigen, grauen Himmelser-scheinungen kraftvoll weg gepustet, beinahe auch ein Stück der Markise, die Miranda gegen Nieselregen ausgefahren hatte, damit der Tisch darunter nicht andauernd auf Wasser-festigkeit getestet würde.

Die Natur reckte sich der Sonne entgegen, man konnte fürwahr ein allgemeines Aufatmen hören. Auch Mirandas Seele hüpfte und wollte ins Freie, nur der Abwasch wartete vorher noch auf sie.

Der Polarfuchs am Himmel verwandelte sich gerade in ein weißes Kaninchen, der Fuchsschwanz war noch in den überlangen Kaninchenohren zu erkennen, die Pfötchen aber wuchsen unter dem Bauch hervor und kündigten an, dass auch dieses Wesen gleich davon hoppeln würde. Auf dem Meer glitzerten kleinste Wellen wie aufblitzende Diamanten oder wie kleine springende Fische, die in der Sonne funkelnd den Tag begrüßten.

Nein, der Abwasch musste doch noch warten, Miranda musste raus, wollte zusehen, wie die Kobolde aus ihren Verstecken krabbeln würden, musste in den Garten und die tanzenden Blätter der Bäume berühren, wollte den Vögeln nachschauen, die lustvoll ihre Kreise zogen. Miranda roch schon die Erde, die sie gleich aufwühlen wollte, der Jasmin-Strauch wedelte verführerisch mit seinen Zweigen und versprach ihr durchs geschlossene Fenster, sie in seine Duftwolke einzuhüllen, sobald Miranda nur käme. Der Rosenbusch hatte seine rote Farbe, mit der er die nächsten Knospen tränken wollte, schon in seine jungen Austriebe geschickt. Und sogar die Paprikapflanze, die den Sommer allzu unbarmherzig gefunden hatte, holte ihren Sommer nach und trieb aus. Letztes Jahr um diese Zeit hatte Miranda knallrote Früchte ernten können, die so süß und saftig geschmeckt hatten, dass die unzeitgemäße Überraschung komplett gewesen war.

Es war goldrichtig gewesen, den Abwasch auf später zu verschieben und dem Ruf der Natur lieber gleich zu folgen, denn am frühen Abend schoben sich erneut Wolkenbänke vor den Himmel und täuschten eine frühzeitige Dämmerung vor.

Auch am nächsten Tag zeigte sich wieder ein famoses Bild; die Berge ringsherum wurden wie eine Theaterkulisse von der Sonne angestrahlt, eine kleine Bucht vor der Insel fing sich ebenfalls ein paar Strahlen ein, ... damit der Postkartenblick auch perfekt war. Nur um Haus und Garten erschien alles gleichmäßig hellgrau und blieb schattenlos. Mirandas Katze hatte dem Wetterbericht gleich nicht geglaubt und sich an ihre eigenen Vorhersagen gehalten. Eng zusammengerollt döste sie vor sich hin, wohl darauf bedacht, mit ihrem plüschigen Zugluft-Stopper jede Lücke abzudichten, welche womöglich die Bauchwärme entweichen lassen könnte. Dieses Jahr machte sie mit ihrem Schwanz einer Angorakatze Konkurrenz. Obwohl Mietzi ihre Augen geschlossen hatte, als Miranda Mietzis bezaubernde Schönheit anschwärmte, begann sie doch leise zu schnurren. Ein streichelnder Blick entging ihr nie. Miranda lächelte versonnen. Seit sie Mietzis Wettervorhersagen mitberücksichtigte, hatte sie sich viel seltener über plötzliche Wetterumschwünge wundern müssen.

Konrad trat in den Raum, setzte sich an den Esstisch und goss sich Tee ein. Er hatte einen einzigen kurzen Sonnenstrahl mit ins Zimmer gebracht, den der Wind aber sogleich wieder verwehte. Die Böen waren mittlerweile schon so heftig, dass die ersten Sturmmöwen anreisten. Dennoch, ein zweiter Sonnenstrahl wagte sich an den Tisch. Schlagartig riss die Wolkendecke auf; das war einfach spektakulär und

Miranda hörte beinahe schon einen Trommel-wirbel dazu, als das plötzliche Licht über alles hinwegflutete. Im nächsten Augenblick war Mirandas Blick gebannt. Sie verfolgte das Schauspiel; scharfe Schattenkonturen wander-ten über die Wände und schnitten lebendige Scherenschnittgestalten aus dem Bild, doch der übergroße Scheinwerfer schwenkte ganz langsam über alles hinweg und blendete dann wieder ab.

Im Laufe des Tages beruhigte sich der Himmel und die Sonne schien matt aber beständig. Miranda war auf der Suche nach einem inspirierenden Buch, dem sie ihre Zeit vo-rübergehend anvertrauen wollte. Dabei machte sie eine eigenartige Entdeckung. Viele der Schriftstellerinnen, die sie besonders interessierten, hatten etwas gemeinsam. Miranda fragte sich schelmisch: *Ist es vielleicht Voraussetzung, dass magische Autorinnen keine Kinder haben, dafür aber Katzen? Vielleicht ist Schreiben das Metier der modernen Hexen, schließlich verzaubern sie uns mit Worten. Spräche auch nichts dagegen, denn sie schenken uns Glücksmomente für immerhin kurze Zeit, schaffen Räume, in denen wir uns in geliehener*

Zeitlosigkeit fortbewegen können. Gibt es etwas noch Erstrebenswerteres, als diese Art von Ewigkeit?

Ja, Miranda glaubte fest daran, dass es diese Zeitlosigkeit nicht nur geliehen, sondern auch als Besitzstand gäbe.

Auch wenn sie einem nicht ständig gehört, so gehört einem doch der Zugang dazu. Man hat den Schlüssel, verliert ihn nur manchmal. Aber es ist mehr, als ein nur geliehener Zustand, er enthält die Option zum permanenten Aufenthalt. Manchmal gelingt es, den Schieberegler allmählich zu verschieben, um den Anteil der Zeitlosigkeit im eigenen Leben zu erhöhen.

Miranda grübelte weiter:

Allein, wenn ich mich frage, wie lange ich Phönix wohl damals in die Augen gesehen habe, um ihm all meine Gedanken zu übertragen, so ist doch unverkennbar, dass diese Zeit niemals messbar sein wird. Sie entzieht sich dem Gewöhnlichen, indem sie sich als Raum fühlbar macht.

Während Miranda noch ihren inneren Bildern nachging, stand sie plötzlich auf dem Balkon, auf dem Phönix ihr damals erschienen war. Wie damals atmete sie den Duft der lauen

Nacht und spürte Phönix Federn, die ihr sanft die Wange gestreichelt hatten. Sie hatte damals vermocht, ihn mit ihren Blicken zu liebkosen und er hatte darauf geantwortet. Die Welt war klein gewesen, denn Miranda hatte für nichts anderes Augen und Ohren gehabt, als für den erschaffenen Augenblick, der sie umgeben hatte. Und doch hatte sich dieser Augenblick weit ins Unendliche hinein ausgedehnt, Miranda hatte Phönix noch gespürt, als sie ihn längst nicht mehr gesehen hatte. Ihre Empfindung war ihm ein Stück weit gefolgt.

Sobald sie nur daran dachte, hörte die Welt auf, an ihr vorüber zu ziehen. Die Zeit stand still, solange sie zuließ, sich bedingungslos hinzugeben.

Miranda hatte unterdessen nicht bemerkt, wie sie in die obere Etage gelangt war; der Gedanke an den Balkon hatte sie wohl zum Balkon getragen. Dort wartete aber nicht Phönix auf sie, nach welchem sie sich neuerdings immer insgeheim sehnte, sondern Lilly, die sie zwar liebreizend anblickte, dabei aber eine gewisse Belustigung über Mirandas Verwunderung nicht verbergen konnte.

Kein Traum, kein Schleifenbändchen, keine Schubkraft, die Miranda durchs Dach in den Himmel geschoben hatte ... und trotzdem Lilly. Sie nahm sie in die Arme und Miranda spürte, wie sich Lillys Brüste auf ihre drückten. Lillys Haare flossen lang und frei in kleinen Kringeln über ihre Schultern, ihren Bauch, ihren Rücken. Miranda hatte unweigerlich den Eindruck, als wäre Lilly gerade wie die Venus von Botticelli einer Muschelschale entstiegen. Doch Lilly drückte Mirandas Gesicht von sich und zwang sie so, ihr in die plötzlich glühenden Augen zu sehen. Mirandas Blick wanderte über Lillys Gesicht und mochte es sich einprägen für alle Zeit: Dunkel-lila Lippen, schneeweiße, beinahe durchsichtige Haut, Augen, aus denen sich ein Lavastrom zu ergießen schien und die dennoch liebevoll und gütig wirkten in ihrer Macht. Und Haare, die sich lebendig kringelten und doch nicht aussahen wie Schlänglein auf einem Medusenhaupt, nein, die sich eher wollüstig um ihren Körper schmiegten und verspielt auch um ihren. Niemals wieder wollte Miranda diesen Anblick vergessen, auch wenn Lilly ihr jedes Mal anders erschien. Lilly bedeckte ihre Nacktheit mit einem silbrigen, weich fließenden Tuch, das sie eben aus dem Nichts heraus gegriffen hatte, um ihre Schultern damit zu umhüllen, und das sich dort zu einem Gewand entfaltete. Fasziniert betrachtete Miranda diese Modeschöpfung. Sie selbst war ganz in weiß gekleidet und ihr seidener Kimono wirkte zwar nicht so edel wie Lillys zauberhaftes Gewand, schien aber eigentümlich gut dazu zu passen. Lilly richtete Mirandas Gesicht erneut aus, ihre Fingernägel leuchteten dabei phosphoreszierend; Miranda sollte ihr in die Augen sehen, mitten in die heiße Glut hinein. Doch Miranda fürchtete, diese Hitze könnte sie verbrennen. Einer von Lillys Fingernägeln grub sich oberhalb des Nackens Miranda in den Haaransatz und mit der anderen Hand hob sie ihr Kinn. Lilly hauchte Miranda an und ihr Atem umschloss Miranda wie eine riesige Seifenblase; erst nur den Kopf, doch allmählich den ganzen Körper. Miranda fürchtete zu ersticken. Es nahm ihr die Luft. Wie sollte sie denn atmen innerhalb dieser Abkapselung von der Welt? Lilly drückte Miranda mit der flachen Hand auf den Bauch, sie presste dagegen und ließ dann schnell wieder los, sie presste wieder dagegen und ließ wieder schnell los. Dann legte sie Miranda die Hand auf den Ausschnitt und strich von dort nach oben über den Hals bis zum Kinn. Mit der anderen Hand klopfte sie sachte gegen Mirandas Bauch. Endlich ein Luftzug ... Miranda atmete; sie atmete innerhalb der Seifenblase. Es fühlte sich anders an, anfangs zäh, später heiß. Doch wie zu nah an einem Lagerfeuer, gewöhnte sie sich an diese heiße Luft. Ein komisches Ziehen an ihren Ohren erschreckte sie, die Stirn glühte auf und leitete ihre Hitze weiter auf die Augenlider. Miranda war sich nicht sicher, aber es konnte gut sein, dass auch ihre Augen zu glühen begannen. Es fühlte sich nicht heiß an, nur hell, angenehm warm und golden. Mirandas Wimpern verlängerten sich, aus ihren Augenbrauen wuchs eine Haarverlängerung nach rechts und links abstehend. Neben ihren Mundwinkeln ziepte es, unter der Nase krabbelte es. Echte lange Schnurrhaare wuchsen über ihr Gesicht hinaus und erfühlten einen Wind, der bisher nicht für sie spürbar gewesen war. In Mirandas Genick stellten sich Haare auf, die an dieser Stelle nie zuvor existiert hatten. Plötzlich riss Lilly Miranda in die Höhe und mit sich fort. Sie flogen in Überschallgeschwindigkeit, wie es schien, und der Wind tat Miranda an diesen ungewohnten Schnurrhaaren weh. Doch die verlängerten Augenbrauen fühlten sich wie Elfenflügel an. Sie flatterten im Wind und strafften auf diese Weise Mirandas tiefe Stirnfalte. Das Fell in ihrem Nacken vermochte Miranda offenbar wie ein kleiner Turbopropeller durch die Luft zu tragen, obwohl sie ein Vielfaches größer und schwerer war, als für diesen Zwergen-Propeller angemessen. Bevor Miranda all ihre Neuerungen erforscht hatte, landete Lilly mit ihr auf einer Doppelbergkuppe. Miranda fühlte sich plötzlich so leicht, dass sie Lilly fragte, ob sie womöglich inzwischen zu einer Elfe geworden sei, doch Lilly kicherte so sehr, dass Miranda allzu schnell klar wurde, wie abwegig diese Frage wohl gewesen sein musste. Ihre Sonderausstattung an Haaren war indessen auch nicht mehr fühlbar. Miranda wusste nicht, ob sie verschwunden waren, oder ob sie sich nur daran gewöhnt hatte, doch allmählich fühlte sie sich auch schon wieder ziemlich normal. Sie blickte sich um.

Lilly und Miranda standen auch dieses Mal wieder inmitten eines Steinkreises. Die Felsen berührten sich untereinander, als hätten sie Hand in Hand einen Kreis geschlossen, um miteinander zu tanzen. Während Miranda die Steine beobachtete, begannen sie sich vor ihren Augen zu drehen. Die Steine wirkten überaus lebendig und drehten sich tatsächlich tanzend im Kreis, und je länger Miranda hinschaute, desto schneller. Lilly schüttelte Miranda und rief sie zu sich zurück. Sie sollte die Steine nicht anstarren, sondern nur aus den Augenwinkeln anblinzeln. Lilly machte Anstalten, über diese Steinbarriere hinweg zu steigen und angstvoll griff Miranda nach ihrer Hand; Lilly sollte sie bloß nicht allein hier drin zurücklassen. Lilly zog beherzt an Mirandas Arm, doch der wurde dabei immer länger. Miranda schaffte es nicht, Lilly zu folgen. Sie streckte den zweiten Arm nach ihr aus und Lilly ergriff die ihr hin gereichte Hand, doch es erging dem zweiten Arm nicht besser, als dem ersten. Miranda wurde von einer Panik erfasst, die ihresgleichen suchte und schrie: »Lilly, nimm mich mit!« Doch ein Gelächter, das nach

Hohn klang, versetzte Miranda einen weiteren Stoß.

Wenn sie mich hier zurücklässt, bin ich für alle Zeit verloren. Das kann sie doch nicht machen, das kann sie mir doch nicht antun!

Lillys Lachen verhallte in der Umgebung der Berge und schien sich schon weit von Miranda entfernt zu haben. Miranda war erst verzweifelt, aber mittlerweile verärgert, dass Lilly ihr nicht half. Ihre Wut begann allmählich zu kochen, beim Atmen stieß sie fast schon kleine Rauchwölkchen aus. Sie bemerkte nicht, wie sie vor lauter Ärger Fäuste ballte und sich auf diese Weise ihrerseits Lillys Zugriff entzog. Plötzlich stand sie allein in diesem lebendigen Steinkreis und von Lilly war keine Spur mehr zu sehen. Erschöpft und fassungslos sank Miranda zu Boden und schloss ihre Augen. *Die Felsen können mir bei geschlossenen Augen vielleicht nichts mehr anhaben. Sie tun mir ja auch gar nichts. Eigentlich. Denn genaugenommen hindern sie mich ja wohl am Verlassen des Kreises.* Vorsichtig blinzelte Miranda mit nur einem Auge und versuchte die Steine auszumachen. Doch da waren keine Steine mehr, Miranda saß mitten auf einer großen grünen

Wiese. Hier und da schaute ein Felsenkopf aus dem Boden, doch von einem Steinkreis konnte hier keine Rede sein. *Haben sich die Felsenmännlein im Erdboden verkrochen? Wo mag jetzt die Barriere sein, die mich eben noch daran gehindert hat, mich von hier fortzubewegen?* Langsam stand Miranda auf und wagte ein paar Schritte. Sie schwankte merkwürdig, als hätte sie lange keinen festen Boden mehr unter den Füßen gehabt. Sie betrachtete immer nur den kleinen Bereich vor sich, den sie als nächstes betreten wollte. Sie wagte nicht, den Kopf zu heben oder gar in die Ferne zu schauen und schon gar nicht nach Lilly zu suchen. *Noch einen Schritt und noch einen. Der Kreis müsste hier schon hinter mir liegen. Wenn ich jetzt einfach beherzt losliefe, dann wäre ich vielleicht gerettet. Aber gerettet wovor? Ich stecke hier mitten im Nirgendwo und bin bereits glücklich, dass ich mich überhaupt fortbewegen kann. Aber fort von wo und wohin?*

Miranda hob den Kopf und entdeckte eine Felsenkanzel in einer Entfernung von ungefähr fünf Metern. Nachdem ihr die Felsen des Steinkreises doch nichts getan hatten, meinte sie, sie könnte sich vielleicht auch gefahrlos bis zu dieser Kanzel vorarbeiten. Laufen konnte man das ja nicht nennen, sie fühlte sich wie ein Seiltänzer auf einem durchhängenden Seil, das entweder elastisch war oder jeden Moment zu reißen drohte. Sie schaute hilfesuchend nach der Felsenkanzel, die sich leider schon wieder etwas von ihr entfernt hatte. Mirandas Augen suchten nach einer Kerbe auf dieser Kanzel, an der sie sich heranziehen könnte, und tatsächlich fasste sie mit der Hand dort hinein und zog ihren Körper wie ein Seilbahnwägelchen nach. *Oh, genial! Das waren mindestens sieben Meter!* Euphorisch suchte sie nach einer weiteren Steinformation und entdeckte eine. Sie ragte wie ein kleiner Zuckerhut aus der Wiese hervor und wurde je höher, desto länger Miranda deren Höhe abzuschätzen versuchte. Wieder schickte sie einen Blick voraus und merkte dabei, dass ihr Blick die Felsen zu sich heran zu zoomen schien. Je länger ihr Blick sich in das Gestein bohrte, desto deutlicher erkannte Miranda selbst kleinste Einzelheiten in der Oberfläche. Miranda fühlte wieder diese euphorische Wärmedusche ihren Rücken hinab rieseln. Doch dabei verschwamm Miranda das Bild und der Felsen versank in grauem Nebel wie bei starker Kurzsichtigkeit. Miranda starrte den Felsblock herausfordernd an und fixierte eine Stelle in seiner Oberfläche. Das Bild klärte sich wieder. Auch dieses Mal folgte ihr Körper ihrem Blick. Liebevoll streichelte sie über das Gestein, an dem sie sich hatte heran ziehen können, doch ihre streichelnde Hand versank im Nichts, die Oberfläche des Felsens gab nach. Miranda hatte sich daran festkrallen und ihr Körpergewicht nachziehen können, aber konnte nun doch nicht darüber streicheln? Das verwirrte sie, ... auf ihr Denken war hier kein Verlass. Verunsichert suchte sie eine weitere Formation, um das seltsame Phänomen zu beweisen. Ihr Blick verankerte sich an einer kleinen Felsenspalte, die der dritten Steinfigur angehörte. Sie schob ihre Skepsis über die nachgiebige Beschaffenheit beiseite und ihre Fortbewegung gelang in der Tat auch dieses Mal. Diese Art, das Laufen zu lernen, erinnerte sie an Schreibübungen in der ersten Klasse: ... eine Reihe AAAAAAA, eine Reihe BBBBB, jeweils, bis das Blatt voll war.

War das jetzt mein Gedanke, meine Erinnerung oder höre ich Lilly in meinem Kopf lachen?

Mirandas Blick suchte nach Lilly und schweifte dabei weit ab. Lilly saß auf einer Schaukel, die einfach so aus der Luft herab reichte und keinerlei Befestigung an irgendetwas erkennen ließ. Lilly schaukelte frohgemut und im Gleichtakt mit beiden Beinen, ihr Oberkörper wiegte sich sanft nach vorne, sanft nach hinten. Miranda merkte wieder, wie ihr dieser Anblick den Atem verschlug. *Wie geht das?* Miranda starrte erst Lilly an und fixierte dann die Halteseile, an denen Lilly sich kaum richtig festzuhalten schien, Lillys phosphoreszierende Fingernägel leuchteten auf. Miranda wollte nach dem Sitzbrett Ausschau halten, starrte Lilly dabei aber wohl zu lange auf den Schoß. In Nullkommanichts saß sie darauf und hielt sich verschämt an Lillys Fingern fest, die sich keineswegs überzeugend an den Halteseilen festhielten. Lilly lachte so schallend los, dass die Schaukel aus der luftigen Nichtbefestigung riss und mit den Beiden davon schwebte. »Na, sitzt du gut?«, fragte Lilly Miranda mit einem lüsternen Unterton. Das war Miranda so unglaublich peinlich, dass sie am liebsten im Boden versunken wäre, der sich allerdings gerade so gar nicht unter ihren Füßen befand.

Doch dummerweise war dieses Bedürfnis eine so intensive Anwandlung gewesen, dass Miranda, ehe sie sich versah, ins Erdreich hinein rauschte und allmählich in der Wiese versank. Lilly kam angeschossen und griff nach ihr. »Bist du denn völlig verrückt geworden, du kannst doch nicht einfach in den Berg hinein verschwinden, da kommst du alleine nie wieder raus. Überlege dir bloß vorher, was du denkst!« Sie hob Miranda aus dem Erdreich heraus und Miranda fragte sich, wieso Lilly sie dann nicht auch aus dem Steinkreis gezogen hatte. Die Antwort, die ihr da so schwante, gefiel ihr überhaupt nicht. Lilly hätte gekonnt, sie hatte nur nicht gewollt. Bevor Miranda richtig böse auf sie wurde, nahm Lilly sie in die Arme und tröstete sie: »Du machst dich schon ganz gut, es könnte viel schlimmer laufen«. Miranda schluckte: »Na super, viel schlimmer. Ein tolles Kompliment, gut, schlimmer, am furchtbarsten, oder wie soll man das stei-gern?« Lilly kraulte Miranda den Nacken und zog ihr die Gedanken wie Spaghetti aus dem Rückgrat. Miranda stutzte und bemerkte das eigenartige Zwirbeln, das Lilly zwischen ihren Schulterblättern auslöste. *Offenbar weiß sie immer, wo meine Verärgerung sitzt.* Lilly brummte versöhnlich: »Schätzchen, ich meine das doch nicht böse, ich bin nur ein bisschen ungeduldig. Es macht mir so großen Spaß, an deinen Fortschritten teilzuhaben, da kann ich gar nicht genug davon bekommen. Und dabei vergesse ich vielleicht manchmal ein bisschen, dich erst in Ruhe nachkommen zu lassen«. Miranda konnte ihr augenblicklich verzeihen. Wahrscheinlich würde ihr das an Lillys Stelle genauso passieren. Denn auch Miranda hatte sich Geduld noch nicht groß genug auf ihre Fahne geschrieben. Lilly unterbrach Mirandas Gedanken: »Komm, lass uns nach Hause fliegen, den Bergausflug, den ich ursprünglich mit dir vorhatte, machen wir dann ein ander-mal. Für heute ist es genug«. Miranda überleg-te kurz, ob sie, so wie vorhin zu den Felsen-kanzeln oder gar zu Lilly hinauf auf die Schaukel, ob sie auf diese Weise auch nach Hause fliegen könnte. Doch das Zuhause sah sie nirgends, wie sollte sie ihren Blick darauf heften? Lilly antwortete direkt auf Mirandas Gedanken: »Das könntest du in Prinzip auch schon, aber vielleicht lieber nicht heute, du bist im Augenblick ein bisschen durcheinander«. Lilly schaute Miranda aufmunternd an und Miranda dachte dabei: *Wie Recht sie hat!* Miranda war unendlich dankbar, dass Lilly ihren Zustand erkannt hatte und ihr einen passiven Flug zugestand. Lilly umarmte Miranda ganz fest, aber achtete dabei auf steten Blickkontakt. Lillys Augen begannen diesmal nicht zu glühen, sondern in ihnen erschien ein Abbild von dem großen Balkon der Villa. Miranda traute ihren Augen nicht und versuchte das Bild, das sich ihr in Lillys Augen zeigte, scharf zu stellen. Dabei überkam sie eine heftige Sehnsucht nach diesem Balkon, welcher sich in der verlässlichen Alltagswelt befand. Flugs darauf standen die Beiden an der Balkonbrüstung, an der sie abgeflogen waren. »Bravo, vortrefflich, das hast du hervorragend hinbekommen«, Lilly klopfte Miranda anerkennend auf den Rücken. Aber was meinte sie damit? Miranda war viel zu müde, um dieser Bemerkung noch nachzugehen; sie wollte sich nur noch in einen weichen Sessel fallen lassen und am liebsten alles um sich herum vergessen. Lilly versetzte Miranda einen Stoß, der sie zur Schiebetür hinein stolpern ließ. Ziemlich geistesabwesend schlurfte Miranda zum

Treppenhaus und stapfte nach unten ins Schlafzimmer. Sie warf sich quer übers Bett, dachte auch nicht mehr an weiche Sessel, spürte lediglich noch etwas auf sich herauf krabbeln und auf ihrem Rücken treteln und schlief ein. Als Miranda erwachte, lag Mietzi in ihrem Hohlkreuz und begann augenblicklich zu schnurren, als Miranda sich vorsichtig nach ihr umblickte. Mietzi hatte offenbar einen speziellen Sensor für Schläfchen zu unüblichen Zeiten. Miranda staunte, dass Mietzi sie wieder einmal so schnell aufgespürt hatte. Miranda drehte sich ganz langsam auf die Seite und die Katze versuchte, das Gleichgewicht zu halten und wie eine Heuschrecke um den Ast zu krabbeln. Der Ast war Miranda, die sich erheben wollte, doch dafür musste sie Mietzi leider von sich herunter komplimentieren. Mietzi maunzte vorwurfsvoll und Miranda beschwichtigte sie: »Stimmt ja, mein Engelchen, immer, wenn es gemütlich wird, aber ich muss mal ins Bad«. Mietzi streckte sich ausgiebig und verzieh ihr, sprang dann aber vom Bett und war noch vor Miranda im Bad beim Katzenklo. Da in der Nähe lag auch Mirandas Ziel.

Konrad saß im Wohnzimmer und las, erhob sich aber sofort, als Miranda eintrat. Er kam auf sie zu und musterte sie neugierig: »Nanu, du siehst aus, als wärest du ziemlich weit weg gewesen«. - »Ja, wie Recht du hast, ziemlich weit weg«.

Konrad drückte ihr ein Küsschen auf die Lippen und stupste danach seine Nasenspitze auf ihre. »Wenn du so abwesend bist, komme ich mir richtig einsam vor«. Miranda wusste, dass er das nur ihr zuliebe sagte, denn er wusste sich immer zu beschäftigen, und merkte dabei meist nicht, wie die Zeit verging. Aber es hörte sich lieb an. Es war ein schönes Gefühl, vermisst zu werden, ... und nicht nur von der Katze. *Vermisst hat er mich ja vielleicht, das ist was anderes als sich einsam fühlen.* Sie legte ihren Kopf an seine Brust und schmiegte sich an wie ein Miezekätzchen. Sie hatte ihn auch vermisst. Vor allem war sie froh, dass er im Augenblick für sie da war. Seine Hände streichelten ihr über den Rücken, ein schnurrendes Kätzchen rieb sich an ihrem Bein, Mietzi drängelte sich zwischen die Beiden. Alle wollten Nähe. Nicht mehr und nicht weniger.

Wirklich? Nicht weniger, das dürfte stimmen, allerdings mehr, das wollten sie schon. Es ging nicht nur um Nähe, es ging um Liebe.
Eine Liebe, die alles annimmt, so, wie es ist ... nicht nur Schwärmerei, auch keine Verliebtheit, sondern alles durchdringende Liebe ... nicht Liebe als Gefühl, sondern als Seins-zustand, ... als Rausch, der mit dem Universum vereint, mit allem vereint.
Als wäre diese Erkenntnis nicht schon genug, schnurrte Mietzi noch ihr OM dazu. Dieser Ton schwang zwischen Konrad und Miranda und Mietzi hin und her und verwob sie miteinander; er bildete daraus einen Kokon, um die Energien an ihnen festzubinden, Energien, die sonst womöglich ziellos im All verschwänden.

Ein paar Tage später sahen sich Konrad und Miranda alte Fotos an. Fotos, die sie früher auf Reisen gemacht hatten und mit deren Hilfe sie noch einmal in Erinnerung an die besuchten Orte zurückkehren konnten. Am verwunderlichsten waren immer schon die Ägyptenbilder. Zeitweise hatten die Beiden darauf die Farbe des Hintergrunds angenommen und hoben sich kaum von diesem ab. Die Fotos waren gut gelungen, man konnte auch jede Einzelheit erkennen; doch trotz Fokussierung auf die Person gab es diese nicht einzeln her, sondern nur verschmolzen mit ihrem Hintergrund. Es waren nur wenige der Bilder so besonders und andersartig, doch diese wenigen faszinierten sie immer wieder. Mirandas Gesichtsausdruck war auf jenen fremd und unergründlich, dabei aber so immerwährend gültig, als wäre sie gerade aus dem Stein heraus getreten.

Auf einem Foto in Gizeh stand Miranda wie eine Wächterin auf dem der riesigen Sphinx gegenüberliegenden Hügel. Die Sphinx füllte den Hintergrund aus und wirkte selbst aus der Ferne mächtig, vielleicht von dort aus überhaupt erst erkennbar mächtig. Miranda konnte sich auf dem Foto weder an der Körperhaltung, noch am Gesichtsausdruck als sich selbst erkennen. Wie in fremde Welten entführt, stand sie der Sphinx als Wächterin zur Verfügung. Ihr Blick schaute in eine Unendlichkeit, die ihr wohl an dieser Stelle offenbart worden war. Als Miranda vor dem Foto die Augen schloss, sah sie die Sphinx immer noch vor sich, ... auf diese Weise sogar noch plastischer und ihr ständig näher kommend. Die Sphinx schwoll an in ihrer Größe, bis sie Miranda am gegenüberliegenden Berghang berührte. Sie nahm Kontakt zu Miranda auf, erlaubte ihr, sie zu berühren, und Miranda wurde gleichermaßen von ihr berührt. Die Erhabenheit des Augenblicks füllte die Atemluft mit einer schweren Schwüle, die sich kaum atmen ließ. Miranda fühlte sich winzig in dieser Nähe zur Sphinx und schrumpfte anscheinend immer weiter, bis sie bemerkte, wie sie stattdessen größer wurde. Sie streckte ihren Rücken gerade durch und erreichte fast den Himmel, den Himmel über sich und der Sphinx. Mirandas Alltags-Ich hatte wegschrumpfen müssen, bevor ihr magisches Ich hatte wachsen können. Miranda atmete auf einmal Wölkchen aus, die zum Kopf der Sphinx herab schwebten und ihn sanft berührten. Die Sphinx atmete ein, was Miranda ausgeatmet hatte, ihre Wölkchen drangen in das kolossale Gestein ein und wurden von der Sphinx aufgenommen. Zweimal noch schickte Miranda ein solches Atemwölkchen. Es fühlte sich an wie ein Spiel und Miranda spürte, wie die Sphinx ihr zulächelte.

Dieses zauberhafte Spiel war jäh zu ende, als Miranda die Augen öffnete und vor sich auf das winzig wirkende Foto blickte. Sie war empört, dass dieses Foto überhaupt nichts zeigte. Sie konnte darauf nicht sehen, wie der Abstand zwischen der Sphinx und ihr mit einem besonderen Licht, einem fühlbaren Leuchten ausgefüllt gewesen war. Sie konnte die Sphinx auch nicht spüren. Miranda legte das Bild enttäuscht beiseite und schaute Konrad kopfschüttelnd an. »Was ist los«, fragte er. »Auf dem Foto ist gar nichts drauf«, beschwerte sie sich. Konrad strich Miranda eine Strähne aus der Stirn und versuchte diese hinter Mirandas Ohr unterzubringen. »Fotos sind gewissermaßen nur Schlüssel. Erst, wenn du den dazugehörigen Raum damit aufschließt, kannst du den realen Schauplatz begehen. Nicht immer findet man den dazugehörigen Ort, den man sich erschließen könnte, und manches Mal traut man sich auch nicht hin. Doch die Fotos sind ein immerwährender Schlüssel, sie haben Zeit. Sie wirken auch noch, wenn sie schon ausgeblichen sind, die Magie geht ihnen nicht verloren«. Konrad lächelte tröstend, doch Miranda hakte nach: »Warum traut man sich manchmal nicht hin?«

Konrad seufzte: »Das ist die alte Geschichte ..., man muss erst durch die Unterwelt, um sich dem Platz der Erinnerung wahrhaft zu nähern«. Miranda nickte, sie wusste, was er meinte, und erinnerte sich augenblicklich auch an das damit verbundene Gefühl; es begann meist mit diesem strömenden kleinen Sausen auf der Kopfhaut, das sich erst anfühlte, als wollte ihr jemand einen zu kleinen Helm aufsetzen, bis sie dann merkte, dass sich dieser Helm stattdessen öffnete und vom eigenen Kopf ablöste. Das fühlte sich oftmals beängstigend für sie an und warf jedes Mal Fragen auf, auf die sie keine Antworten finden konnte.

Die Gefühle, die dabei auf mich einströmen, sind oft so gewaltig, dass sie mich auch umhauen können, wenn ich nicht fest verankert bin ... Man weiß vorher nie, was kommen wird und jedes Foto kann jedes Mal neue Gefühle auslösen, es ist unvorhersehbar, was da kommt, doch in jedem Fall hat man keine Wahl, man kann es nicht stoppen, man kann es nicht steuern, deshalb macht es manchmal auch Angst.

Eine Miniatur-Lilly schwebte plötzlich vor Miranda und schien mit Flügeln einer Libelle direkt vor Mirandas rechtem Auge zu schwirren. Miranda versuchte darauf zu fokussieren, doch das vibrierende Zappeln so nah vor ihren Wimpern machte sie nervös und ließ sie heftig zwinkern. Miranda hielt die Luft an und ihr wurde schwindlig. Lilly schwebte an Mirandas Hals heran und flatterte dort kitzelnd auf und ab, bis Miranda endlich wieder Luft holte.

»Du kannst es sehr wohl steuern, vergiss das nicht«, vernahm Miranda Lillys Stimme.

Was? Hat sie mir diesen Gedanken gerade eingekitzelt? Was meint sie? Miranda kratzte sich am Hals; *... man kann es nicht stoppen, man kann es nicht steuern, deshalb macht es manchmal auch Angst,* ihre eigenen Worte klangen noch einmal in ihr nach. Und ebenfalls noch einmal hörte Miranda Lillys Worte: »Du kannst es sehr wohl steuern, vergiss das nicht«. Miranda begriff es endlich. *Warum nur glaubt man immer, dass man den Dingen hilflos ausgeliefert wäre?*

Miranda konnte sich erinnern, wie sie vor vielen Jahren immer unter heftigen Alpträumen gelitten hatte. Eines Tages, als es wieder sehr schlimm gewesen war, hatte Konrad ihr gesagt, sie sollte mal versuchen, den angstaus-lösenden Gestalten einen Schritt entgegen zu gehen, statt vor ihnen davon zu laufen, und sie dabei auffordern, sich zurückzuziehen. Merk-würdigerweise hatte Miranda geschafft, es schon beim nächsten Alptraum auszuprobie-ren. Die bisher immer angstauslösenden Gestalten krochen rückwärts vor ihr die Treppe hinunter und zogen sich zurück. Es war das Erstaunlichste, was Miranda bis dahin je erlebt hatte. Und noch erstaunlicher war, dass sie sofort ein versöhnliches Gefühl zu diesen Traumgeistern entwickelt hatte. Die gleichen Wesen, die sie seit Jahren schon geängstigt und um manchen Schlaf gebracht hatten, taten ihr auf einmal leid, während sie die Gestalten sanft, aber entschieden die Treppe hinab wedelte. Sie kamen ihr nicht mehr böse vor, nur hässlich, aber dafür konnten sie ja nicht. Miranda wollte lediglich, dass diese Figuren sie in Zukunft in Ruhe ließen.

Dieser Traum war der letzte dieser Art gewe-sen. Miranda fragte sich immer wieder, warum manches so einfach sein konnte und sie trotzdem nicht vorher darauf kam.

Die kleine Lilly-Libelle entschwand Mirandas Blick. Miranda schaute um sich und suchte bis zur Decke alles nach ihr ab. Doch Lilly war und blieb verschwunden. Konrad folgte Mirandas suchendem Blick und Miranda fragte sich, ob auch er Lilly diesmal gesehen hatte. Sie schaute ihn fragend an, doch er wartete, ob sie etwas zu sagen hätte. »Hast du sie gesehen?«, hauchte sie über den Tisch hinweg. Er schüttelte den Kopf und lächelte. »Hauptsache du hast sie gesehen ... aber wer ist denn *sie*?«

»Na Lilly, wer denn sonst?«, Miranda hatte gehofft, Konrad hätte Lilly in dieser winzigen Erscheinungsform vielleicht auch sehen können. *So winzig wäre ihre grandiose Wirkung nicht mehr gefährlich gewesen.* Unweigerlich musste Miranda grinsen; sie hielt Lilly Konrad gegenüber für gefährlich. Offenbar hatte Miranda Angst, Lilly könnte Konrad mit ihrer unwiderstehlichen sexy Ausstrahlung so verlocken, dass Konrad Lilly ihr vorziehen würde. Miranda musterte Konrad eingehend und versuchte dabei, ihre eigenen Bedenken zu ergründen. *Nun ja, man kann ja nie wissen, ... und was er nicht weiß, macht ihn nicht heiß ...* Miranda ahnte auf einmal, dass es wohl von ihr ausging, ob Lilly sich Konrad zeigte oder nicht. Und die heutigen Lektionen verankerten sich allmählich.

Wenn man unangenehme Dinge im eigenen Kopf aussortieren kann, indem man sie aus dem ständig zugänglichen Haufen herauszieht und auf einen Altablagehaufen legt, hat man doch gewissermaßen Macht über das eigene Schicksal. Oder nicht? Wenn die Unwesen ihre Bedrohlichkeit verlieren ... kann die Angst davor einen schon mal nicht mehr lähmen. Mit der dazu gewonnenen Bewegungsfreiheit könnte man sich Neues erschließen, an das man sich vorher niemals herangetraut hätte.

Miranda überlegte, welche Art von Unwesen sie noch so in sich beherbergte, und versuchte in etwa zu überschlagen, wie viele es noch wären. Doch gleichzeitig wurde ihr klar, dass gelungene Befreiungsaktionen ihr doch immer erst *hinterher* leicht vorkamen.

Miranda stellte sich noch einmal vor, wie ihre Alptraumwesen von früher die Treppenstufen hinab gekrochen waren.

Was genau hab ich denn damals dazu beigetragen, was ging da von mir aus? Ich war weder böse auf sie, noch angriffslustig, ich fühlte mich sicher und war überzeugt, dass sie vor mir weichen würden, wenn ich auf sie zuginge. Ich war überzeugt ... das ist es. Ich habe an mich geglaubt, ich habe nicht gezweifelt. ... Woher kam dieser feste Glaube? Ich fühlte mich im Einklang mit mir selbst. Ich habe nichts an mir infrage gestellt. Ich habe nicht einmal gefragt, ob ich schaffen würde, sie zu vertreiben, ich habe tatsächlich überhaupt keine Fragen mehr gestellt und dann ... entwickelte ich Mitgefühl. Nur so konnte ich erfühlen, dass sie keine Macht mehr über mich hatten.

Es geht doch nichts über eigene Erfahrungen und wenn bei Miranda das Handeln sogar im Traum funktionierte, dann sollte es ihr doch wohl auch im Wachzustand gelingen.

Aus dem Radio drang seit einigen Tagen andauernd diese dämliche Hast-du-schon-was-für-den-Valentinstag-Werbung. Selbst Mirandas Lieblingssender war kaum noch anzuhören, sie schaltete bei jedem Werbeblock aus, vergaß dann aber, irgendwann wieder einzuschalten. *Was soll's, es gibt auch ein Leben ohne Radio.*

Miranda fand speziell diesen Geschenkwahn zum Valentinstag besonders fragwürdig. Statt sich Zeit oder Liebe zu schenken, sollten es wieder noch mehr materielle Dinge werden oder Blumen, die ja schön wären, aber doch nicht als Muss-Geschenk. Konrad und Miranda hatten von Anfang an beschlossen, sich nichts zu schenken. Nicht zu Weihnachten, nicht zum Geburtstag, nicht zu anderen ›Schenken-müssen-Tagen‹. Sie machten sich Geschenke, wenn ihnen danach war. Dann überraschten sie wahrhaftig und man wusste, dass sie einem ›Ich möchte dir eine Freude bereiten‹ entsprungen waren, statt diesem ›Ich muss was schenken‹. *Hier eine zum Augenblick passende Blume, dort ein besonderer Stein oder gar eine faustgroße Druse, die einen symbolisch daran erinnern kann, unter die Oberfläche der Dinge zu schauen. Manchmal enttarnt sich auf diese Weise etwas Nichtssagendes, Wertloses hinter vielversprechendem Äußeren, ... doch bei Drusen erhascht man einen Blick ins bezaubernde Innere eines unspektakulär stumpfen Graus, welches die innewohnende Schönheit umhüllt wie ein Tarnmantel.*

Solche Geschenke konnten wie Anker wirken, damit die Spiritualität auch im Alltag nicht verloren ginge. Gelegentlich schenkten sich die Beiden auch Parfüm, von dem sie ja dann beide etwas hatten. Denn wer freut sich nicht, wenn die Nase von einem besonderen Duft umweht wird. Zuweilen konnte eine unerwartet zarte Brise die Sinne dazu verführen, in eine berauschende Welt zu folgen, statt im Alltag zu verweilen. Selbst, wenn nur für einen Augenblick, so doch als Erinnerung an das *wahre* Leben. Am allerschönsten aber fand Miranda Geschenke aus Zeit und Aufmerksamkeit; ein Ausflug, um sich zusammen zu freuen, ein Spaziergang, um eine gewisse Zeit gleich zu empfinden; jede Art von Gemeinsamkeit, die ermöglichte, sich als ein Ganzes zu fühlen. Dann blieben keine Wünsche mehr offen und sie hatten das Kostbarste dieser Welt bekommen, etwas, das nicht käuflich war. Dagegen wirkte jedes materielle Geschenk mickrig und sei es auch eine Kette aus Gold und Diamanten. Je kostbarer solch ein materielles Geschenk war, desto mehr musste es verborgen und gehütet werden, damit es nicht geklaut würde oder verloren ging.

Gemeinsamkeit hingegen darf sich immer zeigen und geht umso weniger verloren, je mehr man sie bei sich trägt. Früher oder später zieht sie jedoch Blicke der Neider auf sich, die sich fortan darum bemühen, dunkle Flecken auf der reinen Weste zu finden. Und wer hat da keine? Plötzlich werden sie aber von denen hochstilisiert, die nicht ertragen können, wenn man im Dunkeln leuchtet ... Dagegen hilft nur eins, ein Tarnzauber und am besten ein großes eigenes Territorium, in dem man sich ungehindert so verhalten kann, wie man wirklich ist.

Der große Garten rings ums Haus war so ein Bereich. Drumherum hatte Miranda einen speziellen Zaun errichtet; blühende, immergrüne Hecken, die Vögeln Nistplätze boten, aber menschliche Neugier ausbremsten. Es gab Tage, da begann ein Feuerring um den Garten herum zu lodern, blaue Flämmchen, die denen eines Gasherds glichen, doch es war kaltes Feuer, es verbrannte nur Blicke, dem Garten tat es nichts zuleide. An solchen Tagen wurde Miranda zu einem Teil des Gartens, sie sang leise vor sich hin, während sie liebevoll durch die Äste der Bäume strich und sich bereitwillig zur Verfügung stellte, wenn einer sie brauchte und um Entfernung von kranken Zweiglein bat. Wenn Mirandas Scheren dann ins Holz schnitten, wusste der Baum, dass es aus Liebe geschah und kein freiheitsbeschränkender Eingriff war. Bäume in diesem Garten durften, ja, sollten, ihre Individualität behalten. Sie wurden nicht genormt, wie Plantagenbäume. Es ging nicht um Ertrag, sondern es ging um Lebendigkeit. Und so ging es auch dabei vor allem um Liebe.

Eines Abends fragte Konrad Miranda, was das bisher bemerkenswerteste Erlebnis gewesen wäre, das sie durch Lilly erfahren durfte. Die Formulierung hatte Miranda stutzig gemacht. *Ein Erlebnis, das man erfahren durfte ... Hört sich seltsam, aber richtig an.* Sie merkte, wie ihre Augen nach innen schauten und nach Bildern suchten, die hinter ihnen verborgen lagen. Dann fand Miranda, wonach Konrad sie gefragt hatte.

»Es ist schon lange her, das war früher, bevor ich Lilly abgewiesen hatte. Schon bald nach den ersten gemeinsamen Erlebnissen hatte Lilly mir eines Tages angekündigt, sie wolle mit mir ins Innere der Berge gehen. Ich dachte an den Rattenfänger von Hameln und fand die Idee komisch. Lilly aber schaute mich ernsthaft an. Sie musterte mich und schien dabei nach etwas zu suchen. Ich hatte sie noch nie so ernsthaft gesehen. Es wirkte einschüchternd auf mich ... und dann, ... oh ja, ... es ist seltsam, dass ich das so vergessen konnte! Wenn du mich jetzt nicht gefragt hättest, wer weiß, ob es mir jemals wieder eingefallen wäre!«.

Konrad strich Miranda sanft mit seinem Handrücken über die Wange: »Erinnere dich, tauche ab, lass mich deine Bilder sehen, ich bin gespannt«.

Und so beschwor Miranda die Bilder der Vergangenheit herauf und begann zu erzählen: »Lilly flog mit mir zusammen über das Meer, sie sah wunderschön aus. Ihre langen Haare umflossen ihren Körper und sie wirkte vollkommen unbeschwert. Wenn sie sich im Flug nach mir umdrehte, lachte sie mir zu, ihr ganzes Gesicht strahlte, ich fühlte mich unsagbar glücklich, mit ihr zusammen wegfliegen zu dürfen. In mir wusste ich, dass ich sie ernsthaft liebte, ... nicht allumfassend wie das Universum, sondern ich vermutete, auch körperlich. Wann immer ich ihre geschmeidigen Bewegungen sah, geriet ich in einen Erregungsrausch. Lilly rief mich von weitem: ›Träumst du? Du kommst ja gar nicht mehr hinterher‹. Ich schaute nach unten, wir waren längst übers Meer geflogen. ›Wo sind wir denn‹, rief ich zurück und beeilte mich.

›Hör auf wie wild zu paddeln! Mit dem Kopf bestimmt man das Tempo, warum schaust du dir nicht mal genauer an wie ich das mache?‹, rügte mich Lilly und ich gab zurück: ›Ich gucke dich ja ständig an, aber ich sehe nichts‹, wir mussten beide über diese unsinnige Aussage lachen. ›So, du siehst mich gar nicht‹, witzelte Lilly und prompt schaute sie mich wieder mit diesem aufregenden Blick an, der mich immer wieder aus der Fassung brachte, vom allerersten Kennenlernen an. ›Warum schaust du mich manchmal so, ... na du weißt schon wie ..., an‹, traute ich mich zu fragen. ›Damit sich deine Schubkraft erneuert‹, erwiderte sie. ›Äh, was? Wieso‹, wollte ich wissen. ›Deine Flugenergie! Das verstehst du gerade nicht. Aber spiel auch nicht die Dumme, denn man kann in diesen Dingen immer nur danach fragen, was man schon weiß, willst es also bloß noch aus dem

Unbewussten ins Bewusstsein schleusen, doch dafür brauchst du keinen anderen und das hab ich dir schon einmal gesagt‹.

Wir schwiegen und flogen nur sehr langsam weiter. Ich bemühte mich, meinen Atem bis in den Bauchraum zu verfolgen, doch dann platzte es aus mir heraus: ›Du, Lilly, ich glaube, ich bin ganz schrecklich in dich verliebt‹, meine Stimme versagte während meines Geständnisses beinahe. ›Weiß ich doch‹, wisperte sie pseudoverschämt zurück und setzte dann im Normalton fort: ›Lass uns das bitte nicht in der Luft besprechen. Mach dir einfach nichts draus!‹.

Stell dir das mal vor, Konrad! Ich sollte mir nichts daraus machen! Ich fragte mich unweigerlich, ob wohl schon jemals solch ein Satz auf solch ein Geständnis gefolgt sein mochte?

›Okay Schätzchen, wir landen ja bald, siehst du dort drüben die beiden Berggipfel?‹ Ich konnte sie sehen, doch plötzlich schwand meine luftige Leichtigkeit. Lilly rief mich, sie schaute mir ins Gesicht und wiederholte ihre Frage. Ich wollte nicht in ihre Augen sehen, aber es war dieser Reflex, um dem Gesprächspartner zu signalisieren, dass man zuhörte, der mich doch wieder an ihren Strom anschloss.

›Ja, ich kann sie deutlich erkennen, sie sehen aus wie zwei mächtige Mayapyramiden ... Und sie wirken wie Vulkankegel‹, bekräftigte ich meine Antwort auf ihre Frage.

›Da liegst du gar nicht so falsch‹, entgegnete Lilly in seltsam ernstem Ton und trotzdem lächelnd. Ich staunte die Umgebung an, überall ringsherum erstreckte sich Wüste. Ich dachte sofort an Ägypten. Wir landeten auf dem Sattel zwischen den beiden Gipfeln und ich ahnte schon, dass wir da womöglich zu Fuß rauf müssten. ›Was machen wir denn jetzt?‹, erkundigte ich mich vorsichtig. Lilly schmunzelte: ›Du hast schon völlig richtig vermutet, wir werden jetzt ein bisschen Bergsteigen‹. Ihre Antwort zeigte mir, wie leicht Lilly an meine Gedanken heran kam. ›Aber wenn wir da schon so nah heran geflogen sind, hätten wir nicht auch gleich dort oben landen können?‹, beschwerte ich mich. Lilly schenkte mir einen Oberlehrerblick, mit dem sie mich aufforderte, mich auf die richtige Antwort selber zu besinnen. Mir fielen die vielen Regeln ein, mit denen sie mich Jahre zuvor ins

Fliegen eingewiesen hatte. Einige gingen allein um das Nicht-Auffallen, ... also Radar und anderen Ortungsgeräten und natürlich Blicken ausweichen, Flugkörpern aller Art aus dem Weg fliegen, Kriegsgebiete meiden, aber es gab auch universellere, wie nicht fliegen, wenn man krank oder sonst wie geschwächt wäre und niemals über Vulkankegel oder große Krater fliegen, da ändere sich der Erdmagnetismus und zöge einen an wie ein Wirbel oder lenke einen ab, bis man sonst wohin verweht würde. Im schlimmsten Fall müsste man ewig um den äußersten Kraterrand kreisen wie auf einer Umlaufbahn und käme ohne fremde Hilfe fast nicht wieder los. Das *fast* hatte mir damals Hoffnung gemacht und ich hatte sie gefragt: ›Wenn du *fast* sagst, dann geht es vielleicht doch?‹ Und sie hatte behauptet: ›Wenn du eine geübte Hexe bist, schon! Aber ich wäre mir da noch nicht so sicher bei dir. Tu es also lieber nicht ohne mich!‹

Das war damals das erste Mal gewesen, dass Lilly sich selbst als Hexe eingestuft hatte. Obwohl ich es geahnt hatte, jagte mir das augenblicklich einen Schauer den Rücken hinab.

So beiläufig wie möglich erkundigte ich mich bei Lilly: ›Gibt es eigentlich viele Hexen?‹, aber sie antwortete nur ausweichend: ›Du denkst an deine Märchenbücher. In Büchern kommen Hexen genau genommen nicht gut weg. Die Leute machen sich ein falsches Bild. Mir wäre am liebsten, sie hätten gar keine Vorstellung davon, dann hätten sie nicht diese unbestimmte Angst, die sie dann gegen außergewöhnliche Frauen vorgehen lässt‹. Lillys Blick offenbarte mir Bilder aus der historischen Vergangenheit, die mich grausten. Instinktiv wollte ich etwas Nettes sagen und erinnerte sie an ein Buch aus meiner Kindheit, das im Guten von einer Hexe erzählte. Aber Lilly winkte unwirsch ab: ›Ach was, diese Hexe wird doch eher als dümmlich und tollpatschig dargestellt, das ist auch eine Form von Diskriminierung, und selbst dann soll sie noch eine Ausnahme sein, aber alle anderen *richtigen Hexen* wären böse. Mit solchen Ideen wird man den Hexen nicht gerecht, jedenfalls nicht den Hexen der weißen Magie. Dabei werden ihre Fähigkeiten, Weisheit und Liebe zusammenzuführen und zu verbreiten, nicht erwähnt. Und nur dazu bilde ich dich aus‹.

Lillys Stimme vibrierte und klang eigentümlich in mir nach. Ich fühlte mich am Kopf und am Herzen berührt. Plötzlich atmete ich eine Luft, die wie bunte Nebelschwaden durch mich hindurch zog, ja, durch mich hindurch, nicht hinein und hinaus auf dem normalen Weg der Atmung.

Diese Erinnerungen, die Lillys Oberlehrerblick in mir herauf beschworen hatte, hatten mich umgestimmt, während wir immer noch auf dem Sattel zwischen den Vulkankegeln standen. Ich wusste nun, dass man nicht über Krater fliegen durfte und ich wusste auf einmal auch noch so vieles mehr.

Lillys Lehrerblick hatte mein Wissen geprüft und Lilly war offensichtlich mit mir zufrieden, denn sie neckte mich schon wieder: ›Außerdem bekommst du Muskelschwund von so viel Faulheit!‹ Tatsächlich fühlte ich mich vollkommen entspannt, beinahe schon schlaff. Nur der Anblick dieses allzu kahlen Steilhangs schreckte mich auf und verlieh mir neuerliche Spannung. Nicht nur Muskelspannung, ich war jetzt auch gespannt, auf das, was kommen würde. Lilly hatte meine innerliche Rückschau mitangesehen. Ich hatte damals auch kundgetan: ›Ich dachte immer, Hexen gäbe es gar nicht!‹ Lillys Gesicht hatte sich dabei aufgehellt und regelrecht zu leuchten begonnen, bevor sie entgegnet hatte: ›Siehst du, so kann es gehen, jetzt wirst du selber eine‹.

Ich hatte diese Bemerkung damals noch nicht verstanden und stattdessen einfach losgeprustet vor Lachen.

Nach all den Erinnerungen an vergangene Zeiten änderte sich Lillys Ausstrahlung plötzlich. ›Na, wollen wir mal sehen‹, äußerte sie ungewohnt leise, bevor sie mit dem Aufstieg zum Kraterrand begann und selbstverständlich erwartete, dass ich ihr folgte.

Wir waren bald oben angekommen. Es war anstrengend gewesen, aber ich wette, ohne eine Hexe an meiner Seite wäre ich unfähig gewesen, in solch kurzer Zeit auf einen so hohen Berg zu kraxeln. Einmal zwischendurch hatte ich spöttelnd gefragt: ›Schiebt uns jemand?‹, und Lilly hatte erwidert: ›nein zieht‹.

Am Kraterrand angekommen, beschwor sie einzelne Naturgewalten und Erdmächte, ich war mucksmäuschenstill und lauschte. Mein Pulsschlag hämmerte so laut und machte mich fast taub, um uns herum war nur Stille. Lilly ergriff meine Hand und tappte vorsichtigen Schrittes voran ins Innere des Kraters. Ich hab nicht gemerkt, dass sich da irgendetwas geöffnet hätte, aber wir durchschritten die Bodenschicht wie eine hauchdünne Membran, die sich hinter uns gleich wieder schloss. Es war stockfinster um uns, aber ich konnte im Dunkeln sehen. Ich sah Umrisse von Steinformationen und ich sah einen schmalen Pfad. Ich traute mich nicht, einen Laut von mir zu geben. Wenn sogar *ich* hier trotz Dunkelheit etwas sehen konnte, musste ich Lilly ja wohl nicht erst danach fragen. Nach einer Weile hoben sich schwach leuchtende Objekte vom Untergrund ab. Ich nahm an, es waren Skorpione. Ich nahm an heißt, ich wusste es nicht, aber ich war mir völlig sicher, von innen her sozusagen. Lilly hatte einen eigenartigen Lichtschein und wenn mich nicht alles täuschte, dann hatte ich auch einen. Vielleicht unterschied sich so das Lebende vom Toten und dieser Leuchteffekt machte das sichtbar. Allmählich liefen wir schneller, wir erkundeten Höhlung für Höhlung, blieben aber immer auf dem Pfad. Ich fürchtete mich nicht, das war erstaunlich. Ich konnte uns laufen sehen, so einfach war das.

Plötzlich ließ sich direkt vor uns eine regenbogenfarbene Schlange von einem Felsen herab. Lilly blieb vor ihr stehen und drückte meine Hand ganz fest. *Bloß nicht loslassen*, verstand ich ihre Geste. Nein, auf die Idee wäre ich auch nicht gekommen. Die Schlange legte sich in einem Kreis um uns herum, obwohl ihr anderes Ende immer noch oben um den Fels gewickelt war. *Muss die lang sein*, wehte ein Gedanke an mir vorüber. Die Schlange wickelte sich weiter um ihren eigenen Kreis wie ein von Kindern auf den Boden gemaltes Schneckenhaus. Als die Schlange die siebente Runde um uns herum gelegt hatte, konnte ich ihr Ende vom Felsen herabgleiten sehen. Ihr Kopf begann heftig zu leuchten. Ich war ganz berauscht von diesem Anblick. Auch Lillys Augen begannen auf einmal grell zu leuchten. Zum ersten Mal erschreckte ich vor ihr, aber nur, weil es mich an einen grausigen Film erinnerte. Lillys Hand erschien mir mittlerweile wie eine Schraubzwinge an meiner Hand. Die Schlange verschwand plötzlich, ich merkte nicht wie, im nächsten Moment aber spürte ich sie auf meinem Rücken. Sie kroch an mir entlang hinauf, heiß, wie ein glühendes Eisen.

Doch mein Schrei drang nicht aus meiner Kehle, er hallte nur in meinem eigenen Kopf wider. Als das vorbei war, atmete ich fast gar nicht mehr. Ohne die Schraubzwinge an meiner Hand, wäre ich vor Schwäche umgefallen und im Inneren dieses Berges für immer liegen geblieben. Mir kam es plötzlich viel dunkler vor als vorher. Doch ich konnte allmählich wieder einen dieser leuchtenden Skorpione sehen. Der Eingang *zur* und Ausgang *aus* der Unterwelt musste also in der Nähe sein, denn die Skorpione bewachten die Pforte.

Dieser Gedanke katapultierte mich anscheinend hinaus und zurück auf den Kraterrand. Fassungslos starrte ich auf den Boden, der undurchdringlich wirkte. Doch Lilly zog an mir und schleifte mich beinahe hinter sich her, weg vom Rand, hinab von diesem Krater. Sie sagte kein Wort, doch das störte mich nicht, ich war ihr sogar recht dankbar dafür«.

Miranda schaute kurz zu Konrad, den sie vor lauter Erinnerungen beinahe vergessen hätte, doch der folgte hingerissen Mirandas Worten, die nur so aus ihr heraus sprudelten, auch wenn Miranda nicht auf Zuhörer zu achten schien. Miranda erkannte das Blitzen in seinen Augen, das ihr verriet, wie gespannt Konrad war, noch mehr zu erfahren, und setzte bedenkenlos fort: »Dann nahm Lilly mich plötzlich fest in ihre Arme und erdrückte mich fast, sie schien glücklich zu sein und beinahe stolz auf mich. Aber mir war das fast gleichgültig, ich ließ alles und jedes geschehen. Lilly schubste mich vor sich her und ehe ich mich versah, standen wir am Rand des zweiten Kraters. *Oh nein, nicht schon wieder!*, regte sich ein Gedanke in mir. Für ausgesprochene Worte reichte meine Kraft noch nicht. Lilly griff wieder nach meiner Hand und wir traten auch hier durch die Membran. Ich traute meinen Augen nicht. Vor mir lag eine funkelnde Landschaft, die wie Brillanten in allen Farben aufblitzte, so grandios, dass es sich jeder Beschreibung entzieht. Lilly drängte mich zu einem Wasserfall hin. Ich fragte mich, ob ich das Wasser berühren dürfte. Ich liebte damals schon Wasserfälle. Lilly nickte mir zu. Ich berührte das Wasser, doch ich spürte es nicht, ich vermochte es nicht, dieses Element wahrzunehmen. Das machte mich stutzig. Ich wollte schon darüber nachgrübeln, ob es denn nun

Wasser wäre oder nicht, aber stieg stattdessen gedankenlos am Felsenhang hinab, immer darauf achtend, wenigstens unter einem Fuß festen Boden zu behalten; doch das war gar nicht so leicht. Alles wirkte gläsern und die außerordentlich klare Sicht schien darauf zu beruhen, dass in der Luft lauter winzige Glasperlen schwirrten. Diese Glaskügelchen bewirkten diese ungewohnt scharfe Sicht, ähnlich wie ein Tränenfilm nach ausgiebigem Gähnen, nur um ein Vielfaches gesteigert. Und unwillkürlich zwinkerte ich einige Male.

Währenddessen kletterte ich weiter hinab, ich wollte zum unteren Ende dieses Wasserfalles vordringen, und von dort aus erblickte ich ihn in seiner ganzen Pracht und Macht. Ich schlich mich am Rande der Felsen entlang und patschte durch diese oder jene Pfütze, doch nach wie vor spürte ich das Wasser nicht. Ich trat zielstrebig durch die Wasserwand und stellte mich dahinter. Dorthin hatte ich gewollt, eigentlich immer schon, seit mich Wasserfälle faszinierten. So mancher Wasserfall hat hinter seiner Flut einen trockenen Platz, von dem aus man durch den Wasserschwall hindurchsehen kann. Immer hatte mich der Anblick eines

Wasserfalles gereizt, an diese Stelle vorzudringen und so war ich geradewegs darauf losgegangen, um meiner Sehnsucht zu folgen, und stand mit einem Mal auf der anderen Seite. Ich spürte ein seltsames Zucken in meiner Hand. Es schien, als wollte Lilly mich loslassen; ich hatte sie längst nicht mehr bemerkt. Ein Wunder, dass sie mir auf meinem eigentümlichen Pfad hatte folgen können. Ich sah, wie sie sich von mir entfernte, doch das eigenartige Gefühl in meiner Hand blieb. Ich rätselte, ob ich allen Ernstes ihre Hand noch immer hielt, während sich ihr Körper von mir entfernte. Ich sah keine Hand und doch spürte ich die Verbindung zu ihr. Einen Augenblick lang sah ich meine Finger wie aus hellem Licht verlängert aufleuchten. Diese Leuchtfinger verwandelten sich in Verbindungsfäden zu Lilly. Im nächsten Moment blickte ich durch die Wasserwand hindurch in ihr Gesicht, das verzerrt und angsteinflößend erschien; doch aus ihren Augen überströmte mich eine Lichtflut aus ihrem trostspendenden und dennoch herausfordernden Blick.

Lilly betrachtete mich ebenfalls und je länger sie schaute, desto heller erstrahlte das Blau um mich herum. Wasser spülte über meinen brennenden Rücken, den ich erst jetzt wieder spürte, doch statt ihn zu kühlen, sprengte es ihn entzwei. Mein Rückgrat schien wie ein Drachenschwanz aus meiner eigenen Haut heraus zu peitschen, mich auf diese Weise zerteilend, aber nicht verletzend.

Ich schaute auf die Wasserflut über mir und erkannte mein Spiegelbild darin, es floss den Wasserfall hinab, sprudelte in tosenden Wirbeln um die Felsbrocken, ohne daran zu zerschellen. In der Ferne trieb es dann friedlich fort, fort von mir, fort von den inneren Unruhen. Lilly suchte meinen Blickkontakt und als sie ihn fand, knisterte es in meiner Hand. Ich konnte nicht anders, ich hatte scheinbar keine Wahl, ich tat den Schritt durch die trennende Wasserwand hindurch. Danach war ich schattenlos. Mein Schatten war davon geschwommen. Ich hatte ihn nicht zurückgeholt, sondern ihn ziehen lassen. Ich war aus dieser Welt getreten«.

Miranda seufzte und schaute auf. Auch Konrad holte gerade tief Luft.

»Ich weiß nicht, wie wir diesen Krater verlassen haben und auch nicht, wie wir den Bergsattel erreicht haben. Irgendwann waren wir plötzlich dort. Es war unsagbar warm, doch die Luft war trocken und trank mir den Schweiß vom Leib. Es tat gut, einfach nur so in die Weite zu schauen, ganz allein und doch nicht einsam. Lilly war bei mir und sie hielt mich fest. Ich holte tief Luft und sah, dass sie Tränen in den Augen hatte, ganz stille nur, die fast unsichtbar waren, aber sie entgingen nicht meinem suchenden Blick.

›Bist du traurig?‹, versuchte ich der ungewohnten Sache auf den Grund zu gehen. ›Oh nein, ganz und gar nicht‹, antwortete sie etwas überrascht, hob freundlich die Augenbrauen und neigte den Kopf ein wenig zur Seite. Sie flüsterte: ›Du hast mich glücklich gemacht‹, und strahlte mich an.

Ich hatte *sie* glücklich gemacht! Ich stutzte einen Moment, ›Was hab ich denn getan?‹, eine bessere Frage war mir wohl nicht eingefallen. ›Du hast soeben eine Prüfung bestanden und die zweite gleich hinterher. Du hast selber gewählt, doch dir das Schwerste ausgesucht. Ich fühle mich als deine Lehrmeisterin geehrt. Jetzt kann wohl nichts mehr schiefgehen‹. Ein Stoßseufzer von ihr tat kund, das einiges hätte schief gehen können. Ich fühlte mich noch nachträglich beunruhigt. ›Was wäre denn passiert, wenn ich die Prüfungen nicht bestanden hätte?‹, erkundigte ich mich, doch es gelang mir nicht, die Frage beiläufig klingen zu lassen. ›Dann wär's wohl mit dir den Bach runter gegangen‹, ihr Blick prüfte, ob es bei mir klingelte, doch ich kam nur ins Grübeln. ›Bin ich denn nicht den Bach runter gegangen, ich hab mich doch wegtreiben sehen?‹, erkundigte ich mich erstaunt. ›Nicht du, um Himmels Willen, das war dein Schatten!‹

Eine Ahnung beschlich mich. Ich spürte, wie ich Fragen stellte, um zu begreifen, und nicht, um etwas zu erfahren. Ich wusste, was geschehen war, ich wollte es nur auch glauben können.

Lilly nickte anerkennend. Aber gleich darauf wollte sie wissen: ›Wie sieht's aus, hast du jetzt wieder alle beisammen?‹ Sie zischelte es scharfzüngig und doppeldeutig, doch dann lächelte sie versöhnlich. ›Ich weiß nicht, ich merke nichts, musst du das nicht eher wissen?‹, gab ich unsicher zurück. Sie nickte wieder und stellte fest, ›Na dann … kann es ja weitergehen‹.

›Wohin nun schon wieder?‹, fragte ich entsetzt.
›Nach Hause‹, erwiderte Lilly, ›Oder willst du hier in der Wüste übernachten? Es wird saukalt hier, ich schätze, du hättest es jetzt lieber ein bisschen kuschelig?‹ Ihre Doppeldeutigkeit sollte mich wohl aufmuntern. Doch in dem Augenblick war ich von dem Gedanken nicht besonders angetan, so ›mir-nichts-dir-nichts‹ in den Alltag zurückzukehren. Aber ihr Argument war einleuchtend gewesen und ich befand resignierend, dass die Dauer des Rückfluges wohl als Übergang reichen müsste. Trotzdem grummelte ich und wollte noch nicht nach Hause. Lilly quengelte, um mich nachzuäffen, mit der Stimme eines Kleinkinds: ›Nein! Ich will noch nicht ins Bettchen, ich bin noch g-a-a-a-r nicht müde!‹ Sie schaute mich dabei aber unsagbar liebevoll an und ich wusste, dass ich ihr niemals für irgendetwas böse sein könnte, nicht nach solch einem Blick, der die Wärme im Inneren zum Knistern brachte. Kaum ließ ich zu, dass diese Hitze sich in mir ausbreitete, schon sausten wir los, ab durch die Lüfte und nach Hause, zurück in den Alltag«.

Konrad schaute Miranda bewundernd an. »Warum hast du mir dieses großartige Erlebnis nie erzählt?«, seine Augen glänzten auffällig. »Das ist so etwas Wundervolles und erklärt auch endlich, warum Phönix zu dir kommt. Du bist eingeweiht worden in die Kunst, Weisheit und Magie zu schöpferischer Liebe zu verschmelzen. Das ist die Kunst der Alchemie. Hast du nicht immer genau das ergründen wollen? Bist du nicht in all den Jahren auf der Suche danach gewesen, hast das Thema umkreist, ob bei Rumi, Sokrates, Buddha, Meister Eckhardt oder Laotse, überall hast du nach der Philosophie des Glücks gesucht, beinahe überall auf der Welt.«

»Ja«, hauchte Miranda und wusste augenblicklich, dass Konrad Recht hatte. Er hatte das Licht auf genau die richtige Stelle gelenkt. Wieder einmal fand Miranda die Antwort auf eine in sich brennende Frage in sich selbst. Schlagartig wusste sie, warum Phönix ihr erschienen war.

Wie hatte sie diese besondere Erfahrung mit Lilly bloß so vergessen können! Hatte sie das im Ernst einfach nur so abtun wollen, als wäre es nichts anderes als ein verrückter Traum gewesen? Konrad nahm Miranda fest in den Arm und drückte sie ergriffen an sich. Miranda überkam ein seltsames Gefühl dabei; in dieser Umarmung fühlte sie sich erkannt und angenommen. Endlich fiel auch die letzte Verspannung von ihr ab, eine Verspannung, die daher rührte, dass sie sich gegen etwas in sich hatte wehren wollen. Miranda hörte auf, ihre Gabe nur merkwürdig zu finden und fühlte ihre Berufung; sie tastete sich in sie hinein, als hätte ihr jemand einen Mantel aufgehalten. Vielleicht hatte Konrad ihr gerade in diesen Mantel hinein geholfen. Er erschuf mit dieser großen, alles umschließenden Umarmung einen erhabenen Kreis um sie beide. Mirandas Lächeln überströmte sie selbst und ihn. Sie war wohl bisher eine Hexe gewesen, die keine hatte sein wollen. Nun endlich bekannte sie sich dazu. Wie gut ihr das tat.

Konrad und Miranda beschlossen, endlich mal wieder einen kleinen Ausflug zu machen. Ein Blick in die Bergwelt wäre im Moment doch sehr passend. Miranda belegte ein paar Brote, füllte die Thermoskanne mit Tee, schnappte sich Milch, Äpfel und Bananen und schon saßen die Beiden im Auto. Einen Moment hatte Miranda überlegt, ob sie Mietzi vielleicht auch mitnehmen sollten, aber so plötzlich mochte diese das meistens nicht unbedingt, ihr würde unterwegs in der Tragetasche vielleicht auch kalt werden.

Draußen kroch prompt eine kalte Brise unter Mirandas Jacke. Die Sonne hatte sich hinter milchigen Schleiern verkrochen. Das war wieder so ein Wetter, bei dem man nicht wusste, ob man die Sonnenbrille aufsetzen sollte oder nicht. Das Licht blendete und die verkniffenen Augen sorgten für weitere Vertiefung der Falten. Aber Miranda wollte offenen Auges die Welt um sich her erblicken, die Sonnenbrille war für alle Fälle griffbereit in der Tasche.

Auf in die Berge, der Motor brummte, Miranda war voller Vorfreude. Die Straße schlängelte sich am Steilhang entlang, das Meer daneben war vollkommen ruhig und eher grau als blau. Ein Fischerboot war weit draußen zu erkennen, über der Gegend lag winterliche Stille. Dabei war schon der Frühling ausgebrochen. In den vergangenen Tagen waren die Bauern überall voller Tatendrang in ihre Plantagen ausgeströmt, um das Winterunkraut umzulegen und mit ein paar gezielten Schnitten an den Bäumen die Frühlingsaustriebe in die gewünschte Richtung zu lenken. Die Vögel schnäbelten, die Katzendamen waren trächtig und noch kontaktbedürftiger als sonst. Aber an diesem Tag drückten die tief hängenden Schleier am Himmel ein wenig aufs Gemüt und weckten das Bedürfnis nach Geborgenheit.

Die Berge rasten vorüber, sie waren übersät mit kleinen Frühlingsblümchen. Miranda lächelte versonnen und ließ alles hinter sich.

Meistens, wenn Konrad das Auto fuhr, schweiften Mirandas Gedanken ab. Sie wollte sich anfangs noch auf den Weg konzentrieren und sich merken, wo sie langfuhren. Doch das gelang ihr nur, wenn sie selber fuhr, als Beifahrer driftete sie in innere Bilderwelten ab. Sich zu zwingen, es nicht zu tun, strengte sie sehr an. Mirandas Aufmerksamkeit für das Hier und Jetzt schaltete sich erst wieder ein, wenn sie anhielten und ausstiegen; dann berührte sie die Umgebung nicht nur mit ihren Füßen, sondern auch mit ihren Augen, ihrer Nase und überhaupt mit allen Sinnen. Nur, was

Miranda auf diese Weise berührt hatte, blieb in ihrem Gedächtnis haften.

Die tief stehende Sonne erschuf schattige Täler zwischen den Bergen, welche im Sommer später kahl und regelrecht verbrannt wirken würden. Zu dieser Zeit aber waren sie noch grün und üppig bewachsen. In den Büschen und Bäumen huschte und zwitscherte es, dass es eine Freude war. Die Vögelchen sangen und schufen so eine direkte Verbindung zur Natur. Miranda lächelte den Bergen entgegen und ihr Blick verfolgte einen Vogel hoch oben im Himmel. Er kreiste um die Bergformation, die das Tal umschloss, in dem Konrad und Miranda wandern wollten. Hier konnten die Beiden langsam aufsteigen und sich dem Himmel nähern, ringsherum fast eingeschlossen von steilen Wänden.

Auf Mirandas Rücken rumpelten die Picknickutensilien im Rucksack, die Teekanne war doch ziemlich schwer. *Sie wird die Bananen zerquetschen,* dachte Miranda, während sie über Stock und Stein stolperte.

Unterdessen entdeckte sie eine kleine Rose, die sich in einer Spalte in einem riesigen Felsbrocken angesiedelt hatte, und machte

Konrad darauf aufmerksam. Es war deutlich erkennbar, dass diese kleine Rose schon drei-vier-fünf Jahre geschafft hatte, der erbarmungslosen Sommerhitze zu trotzen. *Das ist echter Lebenswille. Ich muss ein Foto davon machen.* Miranda kramte nach dem Fotoapparat, den sie extra noch eingesteckt hatte.

Der Same dieser kleinen wilden Rose war in einer verdammt unwirtlichen Felsspalte aufgegangen, doch sie ergab sich den harten Bedingungen, ohne sich zu beschweren, sie lebte, so gut sie eben konnte.

»Wenn sie ein Mensch wäre, würde sie sich ständig beklagen und allen erklären, wie schwer sie es hat«, kommentierte Konrad.

»Keiner würde ihre Nähe aushalten«, Miranda strich ihr mit einem Finger über die Blättchen, sie bewunderte diese kleine Rose und wünschte ihr viel Glück.

Der Vogel am Himmel schien ein Adler zu sein. Er zog seine Kreise und wirkte erhaben. Er merkte, dass Miranda nach ihm Ausschau hielt und verlagerte seine Kreise in ihre Richtung. Dort oben, wo er war, hatte er nichts zu befürchten, er sah besser als die Beiden, die beim Blick in den Himmel das blendende diffuse Licht von den Augen abschirmen mussten. Trotzdem versuchte Miranda ihm in Gedanken zu vermitteln, dass sie ihn nur bewundern wollten. Sie wollten ihn keinesfalls in seinem Territorium stören. Danach drehte der Adler ab und verlor sich in Höhen, die sie mit ihren Augen nicht mehr erfassen konnten.

Direkt am Rande ihres kleinen Pfades wuchs ein knorriger alter Baum in ungewohntem Bündnis vereint mit einem Felsen. Hier schien ein Tal der besonderen Kämpfer zu sein, der Baum hatte den Felsblock umwallt und in sich integriert. Der Steinklotz war höher als Miranda und dehnte sich in dieser Größe in alle Richtungen aus, mitten darin eingewachsen stand der alte dicke Baum, der den unbelebten Felsen am Leben teilhaben ließ. Ein ausgesprochen bemerkenswertes Bündnis.

Miranda lächelte versonnen, als sie diese Erscheinung bestaunte, und erinnerte sich unweigerlich an Kommentare anderer Menschen über Konrad und sich, in denen behauptet wurde, sie würden überhaupt nicht zusammen passen. Konrad fühlte sich von Mirandas Lächeln angezogen und wollte von ihr wissen, was sie denn gerade dachte. Sie sagte es ihm, er nickte und legte ihr den Arm um die Schultern. Andächtig betrachteten sie eine Zeit lang diesen scheinbar eigens für sie aufgestellten Altar.

Sie wollten sich langsam auf den Rückweg machen, aber mit einem Mal begann es zu regnen. Ein unerwartet mächtiger Schauer durchnässte sie völlig, aber sie lachten darüber wie Kinder. Konrad war sonst eher wasserscheu und mied Regenkontakt, so gut es nur eben ging. Doch in diesem Fall konnte auch er darüber lachen, denn die Situation war einfach zu grotesk. Sie rasten, nein schlitterten, den Berghang hinunter, um das schützende Auto zu erreichen, und so verließen sie diese herrlich andere Seite der Wirklichkeit deutlich schneller als gedacht. Irgendwie passte dieser Abgang dazu. *Rutscht man nicht meistens schneller als gewollt wieder in den Alltag hinein? Diesmal ist es ja sehr anschaulich in seiner Symbolik.*

Die Hosenbeine voller Pampe-Spritzer, die Rückseiten der Jacken bis zwei Schichten darunter durchgeweicht, die Rucksäcke triefend und die Brillengläser fast undurchsichtig. Die Wassertropfen, die sich dicht darauf drängten, hatten das Glas so gekühlt, dass es prompt zu beschlagen begann. Danach war erst recht jegliche Sicht auf die eben geschaute Welt unmöglich. Konrad und Miranda rappelten sich zurecht und legten dann im Auto ihr Picknick ein. Der Proviant sollte ja nicht wieder mit nach Hause genommen werden. Außerdem konnten die Beiden auf diese Weise noch ein Weilchen in der Nähe dieser so leicht erreichbaren Welt bleiben. Der Regen trommelte auf die Windschutzscheibe und lief in kleinen Sturzbächen daran herab. So saßen Konrad und Miranda auf einmal in einer Zwischenwelt zwischen Alltag und Nichtalltag und fühlten sich wie gerade beschenkte Kinder an Weihnachten.

Der heiße Tee dampfte warnend aus der Thermoskanne, als Miranda ihn in die Tassen goss, dennoch verbrannte sie sich anschließend prompt den Mund daran. Sie ließ sich aber nicht davon stören und fluchte nicht, im Augenblick war das Leben einfach traumhaft schön.

So nah, nur eine Stunde von zu Hause entfernt, kann man den trägen Alltag gegen ein schönes

Märchenland austauschen. Das sind doch die Träume, die man selber besuchen kann!

Es wird zwar niemals Verlass darauf sein, dass sich so erlebbare Träume einstellen, sie erscheinen nur, wenn man offen und bereit dazu ist, das zu empfangen, was immer kommen mag. Nichts vertreibt sie so schnell wie eine Erwartung. Doch Konrad und Miranda waren an diesem Tag unbeschwert und neugierig wie Kinder gewesen.

Miranda wusste, dass die Erinnerung an diesen Tag im Album der Gefühle landen würde und summte eine Melodie, die die Stimmung auf ihre Weise einfing. Dieser Ton würde das Bild im Album zum Leben erwecken, sobald ein neuerlicher Blick darauf fiele.

Und so ... war der Tag unvergesslich geworden.

Miranda erinnerte sich noch einmal an Lilly und die Bergwelt. Seit Miranda Konrad von dem äußerst ungewöhnlichen Bergausflug mit Lilly erzählt hatte, kam sie sich gleichzeitig in weiser Art fortgeschritten und doch auch ein wenig närrisch vor. Während sie unentwegt nach der Wahrheit im eigenen Leben suchte, vergaß sie Erfahrungen dieser Art viel zu schnell. Es waren nicht Erfahrungen, die sie gesucht hatte, sondern Erfahrungen, die über sie gekommen waren. Und wie die meisten Menschen hatte Miranda wohl genaue Vorstellungen, wie Weisheit daherzukommen hätte. Miranda hoffte, sie würde aus Büchern heraus in den eigenen Kopf umsiedeln. Leider kam da meistens nur die Sorte, die sie kopfnickend begrüßte, aber dann doch nicht zu verinnerlichen verstand. Mirandas Kopf vermochte zwar vieles aufzunehmen und nachzuplappern, doch ihr Leben zu ändern und die aufgenommene Wahrheit umzusetzen, um sie dann von innen heraus zu leben, das gelang Miranda bestenfalls ansatzweise. Weisheit war nun einmal ein Wachstumsprozess. Auch Ideen mussten erst in Miranda Wurzeln bilden und anwachsen, bevor sie in ihr lebendig wurden. Zwar konnten einige Ideen auch schon vorher gelebt werden, aber nur wie Marionetten, die der Spieler nach eigenem Gutdünken führte.

Miranda sinnierte vor sich hin und musste schließlich einsehen: *Ideen entwickeln ihr Eigenleben erst dann, wenn man nicht mehr so dringend darauf erpicht ist. Wenn man ihnen die Freiheit zugesteht, zu werden, was sie sein wollen und zu zeigen, was in ihnen steckt. Freiheit folgt immer einem Loslassen. Die Begierde nach etwas muss zuerst ihren Klammergriff öffnen und zulassen, dass das Objekt der Begierde seinen eigenen Weg beschreitet. Der kann in die erhoffte Richtung führen, muss es aber nicht. Und daher gleicht dieser Prozess einem in Schwung gebrachten Roulette, bei dem man die Kugel hüpfen lässt, wohin sie möchte. Weisheit ist aber weit schwieriger zu erlangen. Selbst die Anspannung muss weichen, mit der man den Lauf der Kugel verfolgt. Man muss bereit sein und offen für das, was kommt, was immer es sein mag. Ohne Bewertung. Es gibt keine gewünschte, erhoffte, ersehnte Zahl mehr, jede Zahl hat ihre Berechtigung. In jeder versteckt sich eine neue Stufe, manche Stufen führen hinauf, manche auch wieder hinab. Die hinabführenden ermöglichen, eine Prüfung nachzuholen, die man ein andermal übersprungen hat, wissentlich oder unwissentlich.*

Das Licht, nach dem Miranda sich sehnte und das sie antrieb, weiterzugehen, war nichts anderes als Energie, aber eine, die sich verschenkte, weil sie unerschöpflich war. Energie, die Mirandas Sehnsucht nährte, überhaupt weitergehen zu wollen.

Die Sehnsucht selbst ist das Ziel, nicht das Ankommen. Wohl deshalb wiederholen viele Menschen so gerne den Satz, ›Der Weg ist das Ziel‹. *Es steckt eine Ahnung dahinter, man möchte gerne der sein, der erkennt, was das im Grunde bedeutet.*

In Miranda rumorte die aufgetauchte Frage, und verwandelte sich währenddessen wie ein Chamäleon ... *Ist die Sehnsucht das Ziel? ... Ist die Sehnsucht schon das Ziel? ... Ist die Sehnsucht Bestandteil des Ziels? ... Ist die Sehnsucht ein Hinweis auf das Ziel? Übt man das Begreifen dieses Satzes nicht unentwegt? Einerlei, welchem Ding man hinterherjagt, die Befriedigung ist am größten, je näher man dem vermeintlichen Ziel zu sein scheint, nicht aber, wenn man das Begehrte erreicht hat. Selbst Ekstasen öffnen neue Türen. Noch bevor man das ersehnte Ziel erreicht zu haben glaubt, hat das Ziel selbst sich vervielfältigt und lockt aus der Spiegelung seiner selbst heraus in neuer Gestalt von neuem Ort. Und schon ist die Sehnsucht wieder da, auch wenn sie von Glückseligkeit berauscht ist.*

Miranda suchte nach Beispielen: *Selbst die schönste Liebesbeziehung droht in Langeweile zu ersticken, wenn das Begehren aufhört. Die Spannung, die darin steckt, etwas noch nicht zu haben, das man haben möchte, ist ein funkensprühendes Element, das Feuer entfachen kann. Deshalb ist es so schwer, innerhalb einer Beziehung aufzuhören zu jagen. Schwer, aber nicht unmöglich.*

Das große Spiel zu durchschauen und alles für ›Haschen nach Wind‹ zu halten, machte für Miranda anfangs alles nur noch schwerer. Es floss noch viel Wasser den Rhein hinab, bis ihre enttäuschte Suche von innen her leise zu sprechen begann: ›Das was du suchst, ist nicht das, was du brauchst‹. Man könnte ebenso sagen, ›Draußen liegt die Unendlichkeit‹, auch dieser Satz sagt einem nichts, bevor man ihn nicht endgültig begriffen hat.

🦋

Ein paar Tage später erntete Miranda im Garten frisch ausgetriebene Lorbeerblätter. Sie dufteten zart nach Nelken und weckten Lust, einen deftigen Eintopf zu kochen. Aber Miranda stellte zuerst einmal ein kleines Sträußchen aus jungen Zweiglein mit noch rötlich ange-

hauchten Blättchen zusammen. Dieses Sträußchen durfte dann in einer Vase stehend
trocknen und dabei wurden die zarten Blättchen von allen Seiten gut belüftet.

Die besten Anzuchtbeete für Lorbeerbäume
schienen die Baumlöcher von Apfelsinenbäumen zu sein. Vielleicht auch nur, weil darin die
Vögelchen nisteten, die so gern die kleinen
Lorbeeren fraßen, welche sie dann halbver-
daut aus dem Hinterausgang fallen ließen.
Jedenfalls war Miranda in der unseligen Lage,
alle naslang kleine Bäumchen ausreißen zu
müssen, und das fiel ihr äußerst schwer.
Natürlich versuchte Miranda ihnen meistens
ein neues Plätzchen zuzuweisen, doch diesbe-
züglich waren Lorbeerbäume eigenwillig.
Außerdem gab es in einem Garten auf einem
Berghang nun einmal hauptsächlich Steine und
im griechischen Sommer hauptsächlich Hitze
und Trockenheit. Miranda konnte lediglich
sagen, dass sie den kleinen Bäumchen eine
klitzekleine Chance eingeräumt hatte, auch
woanders weiter zu wachsen. Da sie diese aber
bisher meistens nicht hatten nutzen können,
war Miranda versucht, immer mehr Bäume an
völlig ungünstigen, aber von ihnen erwählten

Plätzen stehen zu lassen. Dort aber mussten sie sich seltsam beschneiden lassen, um schnurstracks in die Höhe zu schießen. Denn wenn sie schon unbedingt eine Baummulde entern wollten, dann sollten sie gefälligst in den Himmel wachsen und von dort aus dem Apfelsinenbaum später etwas Schatten spenden. Das zeigte wieder einmal, wie in diesem Garten alles etwas ungewöhnlich verlief, ... und eigensinnig waren dabei nicht nur die Lorbeerbäumchen.

Miranda, die ja ohnehin beim Sträußchen binden war, wollte gleich auch noch ein paar Rosmarinzweige holen. Der Rosmarin stand in schönster Blüte; ... Blüten, die fast schon so groß waren wie die von Löwenmäulchen. Das traf allerdings eher auf die wilden Löwen-mäulchen zu, die so gerne aus Felsenspalten hervor sprossen. Wenn jemand in der Woh-nung eilig am Tisch vorbei rauschte, auf dem so ein Rosmarinstrauß stand, umwehte ihn jedes Mal eine angenehme Duftwolke, dezent, aber wirksam.

Der Küchenboden war mittlerweile voller Rosmarinnadeln, die munter von der Arbeits-fläche gerieselt waren, während die Zweige immer noch störrisch in der Vase steckten und so gar nichts von der Kunst des Blumenbindens wissen wollten. Miranda verstand die verstreuten Nadeln als Aufforderung, um gleich hinterher noch einen ausgedehnten Hausputz auf die Tagesordnung zu setzen. Das wäre sowieso schon fällig gewesen, Miranda wollte schließlich keine Wollmäuse züchten, mit denen höchstens Mietzi auf tierliebe Weise spielen könnte.

Eines Tages ging Miranda im Garten spazieren. Sie hatte sich nichts Besonderes vorgenommen und wollte einfach die Natur genießen. Während sie versonnen ihren Grapefruitbaum betrachtete, ging ihr plötzlich ein Licht auf. Miranda hatte nach einem gemeinsamen Nenner aller glücklichen Momente ihres Lebens gesucht. Sie fand: Erhabene Stille, die frei von jeglicher Erwartung war, dann Neugier und Staunen, schließlich Begeisterung und wieder erhabene Stille. Dies schien die Matrix ihres Glücks zu sein. Unvermittelt wusste sie, dass jeder neue Glücksmoment aus einer dazu passenden Grundstruktur bestehen würde. Miranda lauschte ihren eigenen Gedanken: *Es*

ist einerlei, ob uns auf einem Bergausflug ein
Baum begegnet, der mit einem Felsen liiert ist
und uns ein durchdringendes Staunen abver-
langt oder ob plötzlich inmitten des Gartens
kleine Küken aus Eiern schlüpfen, obwohl wir
nie Hühner angeschafft hatten.

Das war tatsächlich passiert und hatte Miranda die Erfahrung ermöglicht, das Verhalten
von Hühnern zu erforschen. Als Stadtkind
hatte sie keine Ahnung gehabt und musste
mithilfe der sich selbst im Garten angesiedel-
ten Hühner lernen, wie man mit ihnen umgeht.
Zuerst hatte sie sich an ihre in der Kindheit
bewährte Methode erinnert, einen Wellensit-
tich zu zähmen. Diese Annäherungsform war
von den Hühnern mit großer Zuwendung
honoriert worden. Sie waren Miranda jeden
Tag zur Begrüßung entgegengerast und um die
Wette auf die Arme gehüpft oder geflattert.

Versonnen schaute Miranda den inneren
Bildern hinterher. Diese Hühnermagie-Zeit
war eine wichtige Phase ihres Lebens gewesen. Wann immer Miranda sich daran erinnerte, musste sie lächeln. Auch wenn das traurige
Ende dazu gehörte, wo von Mardern zerrupfte
Hühner überall im Garten verstreut gelegen

hatten. Miranda hatte während der gesamten Zeit mit ihren ungewöhnlich zahmen Hühnern einige Lektionen des Lebens erhalten, ... inmitten von Neugier, Staunen, Begeisterung und Stille.

Glück steckt in der Beschäftigung mit einer Materie, die Gemeinsamkeit ermöglicht, ... mit wem, also ob Mensch, ob Tier, darauf kommt es nicht an, weil hier die universelle Liebe wirkt und diese Liebe nicht Objekt-bezogen ist, sondern alles durchdringt und alles miteinander vereint.

Wenn sich zwei Menschen, die sich füreinander entschieden haben, in einem Moment für das Gleiche begeistern können, das Gleiche in einem Ding sehen können, verschmilzt Vielheit zu Einheit. Dann kann das jahrelange Begehren und Hinterherjagen, das einen irreführenden Suchtfaktor hatte, wieder aufflammen. Doch das Objekt der Begierde ist dabei nicht mehr einer der beiden selbst, sondern ein Ding zwischen den Beiden. Es glüht auf, fesselt die Aufmerksamkeit und steigt auf, wie ein kleiner Stern, der fortan am Himmel dieser Paarbeziehung steht. Künftig verzehrt sich keiner mehr vor Sehnsucht nach dem Anderen, sondern der Blick zu diesem kleinen Stern erinnert an das wahre Glück auf Erden ... an die Momente der Verschmelzung mit Allem. In einer Liebe, die sich einen anderen Namen verdient hätte, als denselben, den Menschen verwenden, um im Grunde nur einen Besitzanspruch auszudrücken.

Miranda seufzte: *Universelle Liebe jenseits von herkömmlichen Befriedigungen kann eine neue Dimension des Nicht-Alltags erschließen. Sie ermöglicht, gleichzeitig in verschiedenen Welten zu existieren. Und dafür muss man sich nicht etwa zerteilen, sondern nur entfalten.*

Glücksmomente waren nicht auf die Paarbeziehung zwischen Menschen angewiesen. Jeder Katzenbesitzer, der seine Katze wahrhaft liebte, wusste um den entrückenden Augenblick, morgens beim ersten Erwachen die geliebte Katze inmitten der Bettdeckenfalten zu entdecken.

Miranda erinnerte sich auch gerade daran, wie Mietzi sich morgens durch die Decke hindurch an ihre Beine schmiegte, auf die sie vertrauensvoll ihr Köpfchen gelegt hatte, ... Miranda tagbegrüßend entgegen blinzelte, sich dann auf den Rücken rollte, um sich noch vor dem endgültigen Erwachen den Bauch kraulen zu lassen, und mit ihrem Schnurren die liebevolle Gemeinschaft bestätigte.

Dieser Augenblick konnte bei Miranda regelmäßig jegliche Morgenmuffel-Anwandlung vertreiben, die sich spurlos im Licht einer Liebe auflöste und alles mit einem kleinen Glücksgefühl überflutete.

Es kommt nicht auf die Größe solcher Augenblicke an, ... das zu glauben, wäre nur wieder eine Jagd auf Irrlichter.

Erst vor kurzem hatte Miranda sich mit Konrad darüber unterhalten, wie schwierig es wäre, als intelligente, starke Frau von einem Mann als Ganzes anerkannt zu werden. Männer neigten ja dazu, entweder die verführerische Hexe oder die haushaltsführende Geduldige in einer Frau zu sehen. Das alte Lied: Heilige oder Hexe ... und auch darüber entschieden Männer. Bei dieser Entscheidung wurde zwar gelegentlich wie mit einem Schieberegler von »Hexe« weg in Richtung »Heilige« geschoben, aber diese Art »Heilige«

wurde dann zuweilen doch lieber eingemauert. Miranda befand, das sei ein Grund mehr, sich solche Stempel nicht aufdrücken zu lassen, und erklärte Konrad: »Männer sehnen sich beständig nach den verführerischen Aspekten einer Hexe, doch sobald sie eine gefunden haben, wollen sie, dass sie funktioniert wie eine brave Hausfrau. All das an dieser Frau, was den Mann einst verzaubert und magisch angezogen hat, wird ihr allmählich unterschwellig ausgetrieben. Ihr reibungsloses Funktionieren im Alltag wird gefördert, ihre über den Alltag hinausragenden Fähigkeiten werden abgewertet, verbal oder nonverbal spielt dabei keine Rolle. Im Laufe der Zeit bleibt der einzig akzeptierte Bereich, in dem die hexenhaft verführerischen Aspekte erwünscht sind und zugelassen werden, die Sexualität«. Konrad unterbrach sie: »Aber nicht alle Männer sind so!«, und Miranda erwiderte schnell: »Nein! Natürlich nicht! Ich denke aber, dass es auf die überwiegende Mehrheit zutrifft«, und setzte fort: »Die heutigen Hexen sind ja gerade deshalb wählerisch. Sie versuchen, diejenigen zu meiden, die nicht bereit sind, ihnen Erkenntnis und

Weisheit zuzutrauen ... die sie folglich nicht in ihrer weiblichen Ganzheit zu schätzen wissen«. Miranda blickte zu Konrad, der ihren Worten immer noch zu folgen versuchte, und setzte hinterher: »In den meisten Fällen erkennen Männer vermutlich nicht mal, was sie da tun. Sie tun es eben, ... weil es niemand hinterfragt. Doch solange sie es nicht erkennen, streiten sie es ab«.

Konrad unterbrach Miranda: »Meinst du, Frauen wären eher dazu bereit, Hexen anzuerkennen?« Miranda prustete auf: »Nein, ganz sicher nicht! Manche Frauen sind sogar noch schlimmer und attackieren andere Frauen, wenn die sich nicht ›nach der Norm‹ verhalten. Aber darum geht's mir gerade nicht«.

Konrad hatte in aller Ruhe zugehört, ohne Mirandas Gedanken etwas entgegenzusetzen. Er hatte zugelassen, dass Miranda ihre Betrachtungsweise an ihm spiegelte. Miranda lächelte dankbar und wusste seine Eigenschaft, zuhören zu können, einmal mehr sehr zu schätzen. Manchmal brauchte sie keine Antworten und schon gar keine Ratschläge, sie brauchte in solchen Momenten nur jemanden, der es ihr ermöglichte, ihre eigenen Gedankenfäden zu entwirren. Das funktionierte beim Sprechen manchmal besser als im Stillen.

Mirandas Gedanken umkreisten die aufgeworfenen Fragen auf der Suche nach einem befriedigen Abschluss. *Häufig kann erst dann eine neue fruchtbare Partnerschaft beginnen, wenn die Beziehung auf dem Spiel gestanden hat. Wenn alle Abhängigkeitsempfindungen aufgelöst oder aufgegeben worden sind und in der entstandenen Leere nichts anderes mehr existiert hat, als das Gefühl, unauflöslich miteinander verwachsen zu sein. Dann kann sich etwas entwickeln, das ganz von vorn beginnt. Doch genauer betrachtet ist es kein ›von vorn beginnen‹, es wirkt eher wie ein massiver Rückschnitt, weil die Wurzeln der gewachsenen Beziehung ja schon weit verzweigt und gut verankert sind. Es ist kein Neuanfang, sondern eine Änderung der Ausrichtung; lediglich das Licht, dem man sich zuwendet, ist fortan ein anderes. Keiner der Beiden wächst mehr zum Licht einer Kunstlichtlampe, die fokussierend mal hier oder darauf gerichtet wird, sondern endlich wachsen beide der Sonne entgegen, einer Sonne, die für beide gleichermaßen scheint.*

Endlich konnte Miranda das aufwühlende Thema gedanklich abschließen. Sie schaute in die Weite und atmete tief durch. Ihre Anspannung wich einer verträumten Stimmung. Das Meer toste aufbrausend, obwohl sich der Sturm schon vor Stunden gelegt hatte. Über Nacht hatte der Wind auf der ganzen Terrasse Saharastaub verstreut. Doch jetzt segelte eine erste Schwalbe im Aufwind und Miranda sprach laut vor sich hin: »Eine Schwalbe macht noch keinen Sommer«, wie gerufen, erschien noch eine zweite. Kurz darauf segelten etliche Schwalben in der zarten, sommerlichen Brise vor der Brüstungsmauer des Balkons. Miranda jauchzte innerlich und hörte plötzlich auch das Zwitschern und Trällern der anderen Vögelchen zunehmend lauter.

Mirandas Sinne klarten auf und ihr Kopf stellte keine Fragen mehr. Das Denken wich den Bildern, die das Leben zu bieten hatte.

Mit einem Mal fauchte ein Windstoß vorüber. Er griff unter die zum Glück nur wenig ausgefahrene Markise und prüfte diese laut rappelnd auf Sturmfestigkeit. Miranda trat aus der Balkontür, lehnte sich neugierig an die Brüstungsmauer und nahm es stoisch hin, wie der

Wind ihr augenblicklich die Haare wild zerzauste. Miranda kniff zwar unwillkürlich die Augen zu einem Spalt zusammen, um diese vor eventuell heranwehendem Sand zu schützen, trotzdem beobachtete sie aufmerksam die in Aufruhr gebrachte Natur. Mirandas Blick fiel dabei auf das alte Gartenhaus, auf dessen Flachdach zwei Stoffläppchen miteinander ›Fange‹ zu spielen schienen. Belustigt beobachtete Miranda dieses wilde Treiben. Das rote Läppchen jagte vom Wind angetrieben quer über das Dach, mal hierhin und mal dorthin ... doch wohin es auch gepustet wurde, das blaue Läppchen folgte ihm nach und nahm dabei manchmal Abkürzungen, um das andere schneller zu erhaschen. Mitunter verknäulten sich die beiden Läppchen und flogen miteinander vereint über das Dach, um schon im nächsten Augenblick wieder eifrig voreinander zu fliehen. Miranda betrachtete das Schauspiel so begeistert, dass sie immer wieder lauthals auflachte, wenn die beiden Läppchen sich allzu komisch verhielten. Sie schienen ein Eigenleben entwickelt zu haben; sie hopsten abwechselnd wie vergnügt vor sich hin, tanzten einen Reigen zusammen oder flohen voreinander. Bei aller Lustigkeit, die dieses kleine, in der Zeitlosigkeit spielende Schauspiel zu bieten hatte, ... Miranda entdeckte dabei doch auch eine gewisse Symbolik.

❦

Neuerdings stellte sich, sobald Miranda mal wieder euphorisch in ihren Erkenntnisprozessen schwelgte, häufiger ein hämischer Zwerg in den Weg und fragte herausfordernd, wozu denn das alles nütze wäre. »Geht es dir davon einen Deut besser, wenn du weißt und verstehst, was abläuft?« Hämisch grinsend verscheuchte er das Hochgefühl, das Miranda eben noch beflügelt hatte, und stellte stattdessen ihre erhellenden Lebensbetrachtungen infrage. Danach mogelten sich Zweifel in ihr Gemüt und sie wusste selbst nicht mehr, was so großartig daran sein sollte, dem Licht entgegen zu streben. Andererseits wollte sie dem Bösen in der Welt etwas entgegensetzen. Doch wie sollte sie das tun, wenn sie mit niemandem außer Konrad ihre Erkenntnisse teilte? Der graugrüne Zwerg schubste Miranda unsanft an und lachte schallend los. »Das Böse willst du mit Gutem aufwiegen? Ist nicht weit her mit deinen Erkenntnissen! Wie willst du die eine Seite der Medaille von der anderen trennen? Indem du unentwegt und verbissen nur auf die eine Seite schaust und die andere verleugnest?« Miranda fühlte sich augenblicklich ertappt. Von klein auf hatte sie die bösen Stellen in den Kindermärchen einfach vergessen und beim Nacherzählen weggelassen. Ohne es zu merken, gab sie andere Realitäten wieder, schönere, harmonischere, wünschenswertere, leicht nachvollziehbare ... jedenfalls für sie. Miranda hatte nie verstehen können, wieso Menschen lustvoll anderen Menschen Schaden zufügen konnten. Sie hatte sich keine Beweggründe vorstellen können, warum jemand das Negative in der Welt mehren wollte, statt nach Harmonie im Leben zu streben.

Hieß es denn nicht, jeder strebe nach Glück und Abwesenheit von Leid? Wie könnte man Leid erzeugen, ohne dabei selbst mitzuleiden?

Jahrelang hatte Miranda über diese Frage nachgegrübelt und war nicht an die Antwort heran gekommen. Sie hatte nicht vermocht, sich vorzustellen, dass jemand ernsthaft aus dem Schaden anderer selber Gewinn ziehen könnte. Sie hatte die Weltsicht derer nicht nachvollziehen können, die andere Menschen für ›nicht okay‹ und sich selbst für ›die Opfer‹ hielten. Diese glaubten, dass sie selbst unentwegt an der Welt zu leiden hätten, während es den Anderen unverdienterweise und völlig zu Unrecht besser ginge als ihnen. Deshalb lasteten sie den Anderen gleichermaßen an, dass es ihnen selbst schlechter ging. Irgendwer musste ja die Schuld daran haben. Und um das eigene Leid, den eigenen Druck auf die Seele zu mindern, durften sie vermeintlich im Recht die daran Schuldigen bestrafen. Deshalb musste denjenigen etwas genommen werden, denen es in ihren Augen nicht zustand, ... und sei es nur deren Zufriedenheit mit ihren Lebensumständen.

Zu lange hatte Miranda die Augen davor verschließen wollen und ihre Weltsicht auch bei anderen vorausgesetzt. Für Miranda war es selbstverständlich, Freude zu empfinden, wenn sie andere an ihrer Freude teilhaben ließ. Sie fühlte die Ausdehnung ihres Glücks, während es auf andere Menschen überschwappte. Sie wusste nur zu gut, wie schwer es sein konnte, Leid zu ertragen, denn das

Leben hatte Hürden für sie eingebaut, die so manch einen zu Fall gebracht hätten. Doch Miranda lernte aus ihrem Leid und wollte wachsen, vielleicht auch dem Leiden entwachsen, doch umso mehr wollte sie Leid von anderen fernhalten oder bei anderen Menschen mildern. Miranda hatte für sich einen Weg gefunden, Distanz zum Schmerz zu schaffen, indem sie sich auf höhere Ebenen begab, um von dort aus dem Überblick heraus, die Dimensionen ihres Leids in seiner Kleinheit zu erkennen. Erwartete sie denn allen Ernstes, dass alle Menschen den Zugang zu dieser Betrachtungsweise haben würden? Ging sie so sehr von sich selber aus, dass sie erwartete, alle Menschen seien gleich?

Tatsächlich wollten auch die Menschen, die anderen schadeten, ihr eigenes Leid reduzieren. Ihre ausgelebte Missgunst schenkte ihnen scheinbar Entlastung. Im niederen Energiebereich erfüllte es also seine Funktion. ›Jeder tut, was er kann‹, … und jene konnten nicht anders. So hatten am Ende Mirandas Erkenntnisse auf dem Weg ihrer Sinnsuche doch einen Nutzen gehabt. Miranda war froh, endlich ein Argument gegen den Geist des Zweifels zu haben, wenn der wieder einmal fragen käme, wozu ihre Erkenntnisse denn nütze sein sollten. Miranda hatte begriffen, dass sie die Neutralität von Gut und Böse nicht nur verstehen, sondern dieses Wissen auch in sich verankern musste. *Alle Bewertungen sind nur relativ und hängen vom jeweiligen Ausgangspunkt des Bewertenden ab.*

Miranda ahnte, dass diese Erkenntnis sie noch viele Male mit scheinbar unlösbaren Fragen konfrontieren würde. *Niemand kann auf alle Fragen eine Antwort haben und schon gar keine richtige, weil Richtig und Falsch untrennbar miteinander verbunden sind.*

🦋

In diesen kompliziert erscheinenden Denkphasen half Miranda nur eines, um sich nicht in dem Gedankenwirrwarr zu verstricken. Sie brauchte gerade dann die Einfachheit des Lebens und wandte sich der Natur zu, die einfach da war und funktionierte. In diesen Augenblicken konnte das anschaulichste Begreifen durch Tun in Gang kommen, indem Miranda einen Komposthaufen umsetzte. Sie trennte dann sorgfältig zu Erde transformierte Substanz von noch nicht umgewandelten

Bestandteilen, schichtete getrennt nach Grobem und Feinem einen neuen Haufen auf und bestreute ihn zum Animpfen mit bereits gewonnener Erde. Während der neue Komposthaufen darauf vorbereitet wurde, sich zu Humus zu entwickeln, hatte Miranda auch ihre Gedanken sortiert und zu einem neuen Ganzen herausgebildet. Gleichzeitig war ihr Körper von ziellosen Energien befreit worden, die nun nicht mehr an die Grenzen ihres Verstandes stießen, sondern sich in den Komposthaufen verkrümelt hatten.

Für Miranda verging die darauffolgende Zeit schneller als sonst. Tage verstrichen, an denen sich nichts Bemerkenswertes ereignete. Der Alltagstrott schläferte die Achtsamkeit ein und trübte den Blick für die kleinen Freuden des Lebens.

Miranda entwickelte Sehnsucht nach den ihr vertraut gewordenen ›Ausflügen‹. Doch weder Lilly noch die Schleifenbändchen hatten sich in letzter Zeit bei ihr blicken lassen. Das Leben war ›normal‹ geworden und Miranda spürte, wie die Trägheit in sie einzog. Auch der Garten war nur noch wie hinter einer Milchglasscheibe zu erahnen.

Was ist bloß los mit mir? Warum werde ich so eindimensional? Ich bin nur noch müde und lustlos, nichts treibt mich an, ich glaube, ich brauche mal einen umstimmenden Anstoß! Aber woher nehmen?

Miranda ärgerte sich über sich selbst. Sie hatte den Zugang zu ihren Innenwelten verloren und dabei war sie sich so sicher gewesen, dass ihr das niemals wieder passieren könnte. Dieses Mal hatte sie Lilly nicht fort gewünscht, sondern vermochte sie nur nicht mehr einzuladen. Es war, als hätte Miranda die Sprache vergessen, die nötig war, um sich mit den Wesen der Anderswelt zu verständigen. Mirandas Körper fühlte sich in letzter Zeit schwer und behäbig an, während sie sich zu Arbeiten des Alltags schwunglos und mühevoll aufraffen musste. *Kein Wunder, dass Lilly nicht mehr kommt, in diesem Zustand wäre ich viel zu schwer zum Fliegen.* In der Tat fühlte sich Miranda momentan nicht gerade wie ein Fliegengewicht. Es war heller lichter Tag, als sie sich erschöpft ins Bett legte und ihrem Zustand entfliehen wollte, indem sie sich schlafend davon machte. Sie hatte die Blenden vor den Fenstern zugeschoben und außerdem noch die Vorhänge geschlossen. So fühlte sie sich bald wie in einer Höhle, in der sie sich getrost für eine Weile verstecken konnte. Doch der Schlaf wollte sich nicht zu ihr gesellen, stattdessen drehte und wendete sie sich immer wieder im Bett herum, bis sogar Mietzi fluchtartig davon sprang und nicht mehr auf ein kuscheliges Plätzchen an Mirandas Seite zu hoffen wagte; das war Alarmstufe. Miranda wusste aus Erfahrung, dass Mietzi ihre Stimmungen ebenso einschätzen konnte wie die allgemeine Wetterlage, sie irrte sich dabei nie. Wenn Mietzi floh, dann konnte Miranda ihr Schlafbedürfnis getrost vergessen. Also fügte Miranda sich ihrem Schicksal und legte sich möglichst entspannt auf den Rücken, um herauszufinden, was sie so umtrieb. Sie atmete tief in sich hinein und hoffte wenigstens auf meditative Ruhe, doch die Kopfunruhe wandelte sich lediglich in körperliche Erregung. Es war nicht die Art, die Miranda angenehm fand und der sie gern jederzeit Einlass gewährte, nein, es erinnerte sie eher an längst vergangene Zeiten, in denen die Erregung sie beinahe befehligte, statt sie nur zu erfreuen. Plötzlich hörte Miranda eine tiefe wohlklingende Stimme, die sowohl den ganzen Raum ausfüllte, als auch direkt in ihrem Inneren widerzuhallen schien. Sie verstand aber weder, was die Stimme sagte, noch, ob sie überhaupt bekannte Worte nutzte. Miranda suchte den abgedunkelten Raum nach Hinweisen ab, was es wohl mit dieser Stimme auf sich haben könnte. Sie entdeckte oberhalb des Fußendes eine fast unsichtbare Wolke, die während ihres fixierenden Hinstarrens ein goldfarbenes Flammenrändchen hervorbrachte, welches allmählich das ganze Wölkchen zum Glühen brachte. Eine Feuerwolke schwebte durch Mirandas Zimmer, schwebte ausgerechnet über ihrem Bett, wenn auch nur am unteren Ende. Inmitten der züngelnden Flammen loderte etwas auf und der Glut entstieg eine Gestalt, die Miranda spüren, aber doch nicht mit ihren Augen erkennen konnte. Sie fühlte die Anwesenheit eines Mannes im Zimmer. Konrad konnte es nicht sein, denn der war vor einer Weile allein in die Stadt gefahren. Miranda wusste nicht so recht, wie sie sich der ungewohnten Gestalt gegenüber verhalten sollte.

Ein Unbehagen beschlich sie und eine Ahnung sogar, schließlich empfand sie die Situation aber schaurig-schön. Doch noch immer atmete sie äußerst flach und traute sich nicht, ihre Sinne so weit wie sonst zu öffnen. »Wer bist du«, fragte sie, um Klarheit zu gewinnen. »Ich bin dein Meister, wenn du es denn willst«, antwortete das Wesen, welches sich noch immer nicht erkennen ließ. Miranda konnte sich dem verführerischen Wohlklang dieser Stimme nicht entziehen. Die Erregung, die sich vorhin bereits angekündigt hatte, steigerte sich um ein Vielfaches. Doch gerade das gefiel Miranda im Augenblick überhaupt nicht. Sie spürte, wie sie die Macht über ihren eigenen Willen verlor und kämpfte dagegen an. »Was willst du mich denn lehren, wenn du doch ein Meister bist? Welches ist dein Metier?« Das Lachen, das als Antwort folgte, schallte durchs ganze Haus. Die Wände dröhnten von diesem Ton, der dennoch angenehm auf Mirandas Haut vibrierte. Dieser Ton brachte Miranda so zum Schwingen wie eine Stimmgabel ihren Ton auf einen Holztisch überträgt.

»Ich kann dich glücklich machen«, versprach die Stimme.

»Wie?« fragte Miranda zurück.

»Ich kann deine Lust ins Unendliche steigern und dir Ekstasen bescheren, die alles andere dagegen klein aussehen lassen. Du wirst Gefühle erleben, die dir Räume aufschließen, welche du danach in deinem Leben nie wieder missen willst. Du liebst doch andere Welten!? Ich zeige dir eine in unvorstellbarer Dimension«. Die Stimme klang überzeugend und sachlich, während sie sprach. Miranda hatte nicht das Gefühl, zu etwas überredet zu werden, es wurde eher wie ein Angebot vorgetragen, das sie annehmen oder ablehnen könnte. Die Freiheit, die darin lag, auch ablehnen zu können, nahm ihr das Unbehagen diesem eigenartigen Fremden gegenüber. Sie konnte mit ihm reden und er machte den Eindruck, dass sie fair mit ihm verhandeln könnte. Miranda spürte, wie ihr unsichtbares Gegenüber grinste. Doch sie wusste nicht, wo ihre Vermutungen anfingen und wo die Realität begann ... die Realität? Miranda war ja schon so manches gewöhnt, doch was hier gerade geschah, war ihr völlig neu. Zögernd brachte sie eine weitere Frage an den ungebetenen Gast hervor: »Bekanntermaßen gibt es nichts geschenkt, also was hast *du* denn davon, mir diese Dimension zu erschließen?«

Die Stimme antwortete mit einer Gegenfrage: »Hast du denn Lilly gefragt, was sie davon hätte, dir ihre Dimensionen zu erschließen?« Miranda zuckte zusammen. Er kannte Lilly. Und seine Frage war nur zu berechtigt. Miranda hatte tatsächlich niemals gefragt, was Lilly wohl davon haben könnte, sie in ihre Weisheit einzuweisen, weder sich selbst gefragt noch Lilly. Miranda schnappte nach Luft. Was für ein Geist das auch war, er schien Miranda schon gut zu kennen. Miranda fand das vertrauenerweckend, obwohl es das nicht zwingend auch sein musste. Mutig geworden fragte sie weiter: »Trotzdem, ich will wissen, was du davon hast, schließlich bist du ein Mann und ich hab einen gewissen Verdacht, auf welche Weise du mich zur Ekstase bringen willst«. Miranda fand allmählich Spaß an der Konversation.

»Ich bin viel mehr als nur ein Mann, du solltest nicht so kleinlich denken«. Die Stimme näherte sich und dieser ›Wer-auch-immer‹ setzte sich auf ihr Bett. Miranda fühlte sich herausgefordert: »Na dann eben noch einmal die Frage … wer bist du?« Die Stimme gab beinahe freundschaftlich und beruhigend zurück: »Du weißt bereits, wer ich bin. Deine Ahnung hat mich im ersten Augenblick erkannt. Traust du dir selbst nicht mehr?« Miranda überfiel ein heftiger Schwindel. Ihre Ahnung hatte ihn für den Geist der Schatten gehalten und natürlich hatte sie das nicht geglaubt. Doch ausgerechnet er wusste es bereits. Schüchtern und verunsichert fragte sie ihn: »Du bist also der dunkle Geist?« Erstaunlich geduldig erwiderte er: »Warum fragst du, du weißt es doch bereits«.

Trotz aller Beruhigung, die seine Stimme zu vermitteln verstand, überfiel Miranda eine gewisse Panik. Worauf ließ sie sich hier ein? Wollte sie wirklich mit dem Feuer spielen? Glaubte sie, sie könne die Kontrolle behalten, während ihr doch versprochen wurde, ihre Kontrolle völlig zu verlieren, ... denn was sonst bedeuteten Ekstasen? Warum ließ sie sich darauf ein, ausgerechnet mit dieser Macht zu flirten? Miranda erschreckte sich über sich selbst. Warum wehrte sie diesen Geist nicht ab, der ihr da erschienen war? Was versprach sie sich davon? War sie der Gleichförmigkeit der Normalität so überdrüssig geworden, dass sie wahllos alles ergriff, das sich als Rettungsleine darbot? *Doch andererseits, was ist denn so schlimm daran? Ist nicht auch das Dunkle nur die andere Seite der Medaille ... also die dunkle Seite von Gott? So gesehen würde ich mich mit Gott einlassen, zu dem ich ja immer schon hatte vordringen wollen. Sehne ich mich vielleicht nach den dunklen Geheimnissen eines Gottes?* Irgendwie naiv und mit entsprechendem Kinderstimmchen fragte Miranda ihren Gast: »Bist du ein böser Geist?« Doch gutmütig und verständnisvoll antwortete jener: »Empfindest du mich denn als böse?«

Nein, Miranda fühlte sich zunehmend mehr zu ihm hingezogen, doch ihre Gedanken stritten darüber, ob das nicht eben seiner Verführungskunst entsprang, mit der er sie früher oder später ins Verderben führen wollte. Er antwortete ja nie auf das, was sie gefragt hatte. »Warum sagst du nicht ja oder nein auf diese Frage«, hakte sie nach.

»Du weißt es doch selbst. Ich kann nicht entscheiden, was ›gut‹ und was ›böse‹ ist. Stelle mir andere Fragen, formuliere genauer, was du wissen willst, ich bin ja bereit, auf alles zu antworten«. Das waren Worte, die Miranda in der Tat ermutigten, weiter zu fragen:

»Kannst du mir versprechen, mir nichts zuleide zu tun, mir keinen Schmerz zuzufügen und sofort mit dem aufzuhören, was du tust, wenn ich es nicht mehr will?« Miranda kniff die Augen zu einem Spalt zusammen, um Wahrheit in einem Gesicht zu erkennen, welches sie nicht sehen konnte, das ihr aber ehrlich antworten sollte.

»Das kann ich dir ohne weiteres versprechen«, gab er zurück.

Miranda war gewiss kein guter Lügendetektor, aber die Antwort kam ihr aufrichtig vor. Sie fragte weiter: »Welche Gefahr für mich liegt darin verborgen, wenn ich mich näher mit dir einlasse«. Diese Fragestellung fand sie gelungen und gespannt erwartete sie die Antwort.

»Du könntest süchtig danach werden, dass ich dir erscheine, du könntest süchtig danach werden, das zu erleben, was ich dir bescheren kann; doch das liegt an dir, es geschieht nur, was du wünschst, nur das, was du selber zulässt. Das Steuer bleibt immer in deiner Hand, du kannst es nach eigenem Gutdünken bedienen«.

Miranda konnte nichts Schlechtes daran finden. Wie schon am Anfang hatte sie den

Eindruck, das Angebot wäre fair. Dennoch suchte sie nach einem Haken bei der Sache. Es hörte sich viel zu einfach und viel zu angenehm an. Wenn aber zu jedem Licht auch der Schatten gehörte, so wollte sie ihn entdecken, bevor sie sich auf etwas einließ, was sie im Augenblick noch nicht überblicken konnte.

»Werde ich dich später sehen können oder bleibst du immer unsichtbar für mich?«, wollte sie wissen.

»Du wirst glauben, mich zu sehen, auch wenn das nur eine Illusion sein wird«, seine Antwort weckte Mirandas Neugier nur immer mehr.

Schon ihr ganzes Leben lang war es Miranda immer wichtig gewesen, ehrlich zueinander zu sein. Selbst schmerzliche Wahrheiten wollte sie hören, jedenfalls lieber, als vermeintlich harmlose Lügen. Miranda verabscheute Lügen und dieser Geist war so herzerfrischend ehrlich oder schien es jedenfalls zu sein, dass ihr allein das Gespräch mit ihm schon Spaß machte. Sie verlor immer mehr von ihrer Scheu.

»Die Menschen fürchten sich vor dir, manche hassen dich, angeblich bist du die Ursache allen Übels. Jetzt kommst du mir ziemlich menschlich vor und ich weiß nicht so recht, was ich glauben soll. Bist du ein zerstörerisches Element?« Ausweichend erwiderte er darauf: »Ich bin dir eben deshalb erschienen. Du kannst es selbst herausfinden und deine eigenen Schlüsse ziehen. Du würdest mir ja doch nicht gänzlich glauben, was immer ich auch behaupten würde. Aber eines ist gewiss, wenn ich dir menschlich vorkomme, müsste ich das als Beleidigung empfinden, falls ich das so empfände wie ein Mensch, denn das Übel auf dieser Welt erschaffen die Menschen sich selbst. Sie bedienen sich vielleicht meiner Kräfte dabei, doch sie sind es, die diese Kräfte zerstörend einsetzen. Ich diene ihnen nur. Ich unterscheide nicht zwischen Gut und Böse«. Miranda empörte sich: »Und warum entziehst du dich nicht denen, die Unheil anrichten mithilfe deiner Kraft?« Die Stimme besänftigte sie wieder: »Das steht mir nicht zu. Ich verwalte die Macht. Von mir bekommt jeder Macht, der sie haben möchte; wie er damit umgeht, ist seine Sache. Diejenigen, die du ›gut‹ nennst, trauen sich fast nie zu mir. Vielleicht sind sie sich nicht sicher, ob sie mit der unbeschränkten Macht umgehen könnten.

Nicht jeder kann ihr widerstehen, ich könnte auch sagen, kaum jemand kann ihr widerstehen«.

Miranda ahnte, dass sie sich wohl dieser Prüfung aussetzen müsste, wenn sie diesen Geist in ihr Leben einlassen würde. Aber sie hatte keine Ahnung, wie sich Macht anfühlen könnte ... noch nie hatte sie sich danach gesehnt, mächtig zu sein. Die Erfahrung, wie Macht den eigenen Geist verändern und den eigenen freien Willen beherrschen kann, fehlte ihr. Sie hatte ungefähr so viel Kenntnis davon, wie ein von Geburt an Blinder, der sich vorstellen sollte, was rot, blau, grün oder gar lila bedeutet.

Miranda wusste sicherlich nicht, worauf sie sich einließ, als sie schließlich sagte, dass sie einen Tag zur Probe haben wollte, an dem der Geist der Schatten ihr zeigen könnte, was er angekündigt hatte. Miranda hätte wissen können, dass es mit jemandem wie *ihm* keine halben Sachen gäbe, es galt nur Entweder-oder, ja oder nein. Er würde ihr tatsächlich jederzeit ehrlich auf alle ihre Fragen antworten. Doch dieser Geist wusste nur zu gut, dass Menschen selten eindeutige Fragen stellten.

Meistens schlossen sie aus seinen Antworten Dinge, die er nie gesagt hatte. Sie legten es so aus oder so, je nachdem sie es gebrauchen konnten. Doch Aussagen dieses Geistes waren keine Auslegungssache, sie waren das, was sie waren.

Miranda neigte offenbar dazu, sich die schwersten Prüfungen an den Hals zu holen. Doch sie war mittlerweile auch zu neugierig auf die Welten seiner Versprechen.

Und so entfachte der dunkle Geist schon kurz darauf ein Feuer in Miranda, das jede Lust, die sie je erlebt hatte, in den Schatten stellte. Sie ging aus dieser Welt hinaus in eine andere über. Nicht ein Wort dieser Sprache könnte ausreichen, um zu beschreiben, auf welche Weise sie existierte. Selbst das Wort ›fliegen‹ war zu eindimensional für die Form ihrer Fortbewegung. Miranda war explodiert und doch lebte jedes ihrer Einzelteile weiter fort. Jedes davon erlebte etwas anderes, als das nächste. Sie existierten gleichzeitig in vielen unterschiedlichen Welten und doch entstand ein Empfinden, das sich aus der Gesamtheit aller Teile ergab. Miranda vergaß sich und die Welt um sich herum. Jedes Bewusstsein ihrer selbst hatte sich aufgelöst. Niemals wäre es möglich gewesen, sich nur annähernd vorzustellen, was sich da mit ihr begab. Und hätte der dunkle Geist es gewollt, wäre es ein leichtes für ihn gewesen, diesen Zustand endlos auszudehnen. Doch *er* wusste, dass Miranda auch schon nach dieser kurzen Einführung wieder nach ihm verlangen würde, und er wusste auch, dass Konrad im Anmarsch war. Also löste er sich in seinem feurigen Wölkchen auf und verschwand. Miranda bemerkte es nicht, sondern fiel augenblicklich in einen erschöpften Schlaf.

Konrad schloss die Tür auf, wollte Miranda begrüßen und rief ein »Huhu« durchs Haus. Er fand Miranda schließlich im Bett, beugte sich über sie und strich ihr mit einem Finger zart über die lächelnden Lippen. Davon erwachte sie. Konrad entschuldigte sich schnell, er hatte sie nicht wecken wollen. Aber Miranda war ihm sogar sehr dankbar und bat ihn, sich zu setzen. Jetzt brauchte sie Konrad mehr denn je, denn sie konnte sich im Augenblick nicht vorstellen, jemals wieder den Alltag um sich herum schön finden zu können. Konrad entging ihr sehnsüchtiger Blick nicht und so beugte er sich aus dem Sitzen zu ihr herab. Miranda zog ihn fest an sich, um sicherzugehen, dass er völlig real war, doch es zog dabei gleichermaßen auch in Konrads Rücken. »Au!«, schnaufte er los und befreite sich vorsichtig aus Mirandas Klammergriff. Er fasste sich ins Kreuz und grinste Miranda entschuldigend an, die noch immer nicht voll da war. Konrad zog Miranda an den Armen, um sie aufzurichten; sie stand dann bereitwillig auf und folgte ihm schleichend ins Wohnzimmer. Doch was sie auch ansah, das Gewohnte sah nicht mehr so aus wie früher. Miranda glaubte, sie könne noch gar nicht richtig wach sein, sie fühlte sich nicht lebendig und energiegeladen, sondern wie eine leere Hülle, die lediglich in einem Gemälde fixiert war. Neben ihr war alles flach und eindimensional und es gab auch keine Tiefe. Miranda wurde unglaublich traurig, denn ihre Gefühlslage verstörte sie. War kein Leben mehr in ihr, war sie eine ausgehöhlte Puppe? Oder empfand sie das normale Leben plötzlich matt und schal im Vergleich zu dem vorhin geschauten? Sie konnte sich diese Frage nicht beantworten und wartete auf den richtigen Augenblick, um mit Konrad darüber zu sprechen. Doch eigenartigerweise schämte sie sich jetzt vor ihm, weil sie sich auf dieses vermutlich doch nicht so harmlose Spiel eingelassen hatte. Würde er an ihrem Verstand zweifeln, an ihrem Urteilsvermögen? Würde er nachvollziehen können, warum sie sich dem dunklen Geist nicht hatte entziehen können? Der Abstand zwischen ihr und Konrad vergrößerte sich unmerklich. Ungewohnte graue Nebel hielten Einzug, die sich sonst nicht zwischen ihnen hätten einnisten können. Miranda begann zu zweifeln, ob sie sich Konrad gewiss anvertrauen könnte. So etwas hatte es ewig nicht mehr gegeben. Nun machte sich Verzweiflung in ihr breit. Miranda glaubte, niemand sonst auf dieser Welt könne sie verstehen, wenn nicht einmal Konrad sie verstehen könnte. Die Einsamkeit vereiste Mirandas Herz, als wäre sie von der Schneekönigin geküsst worden. Konrad bemerkte Mirandas Distanziertheit und wollte sich ihr nicht aufdrängen. Vielleicht brauchte sie mal etwas Abstand. Wie sehr er sich dieses Mal täuschte! Miranda war nicht mehr in der Lage, einen Anker zu werfen und Konrad ließ sie, im guten Glauben, sie wolle es, immer weiter abdriften. In Mirandas Seele stach es, als wäre ein Kaktus in ihr Herz gefallen, sie missverstand den freien Raum, den Konrad ihr zugestehen wollte. Ihr eben noch hilfesuchender Blick verfinsterte sich im Nu. Warum fragte er sie diesmal nicht nach dem, was sie erlebt hatte? Bisher hatte er immer sein Interesse daran gezeigt, warum nicht dieses Mal?

Konrad pfiff vor sich hin und schien bester Laune zu sein. Doch seine Fröhlichkeit steckte Miranda nicht an, sondern verschloss ihr Herz nur noch mehr. Sie wandte sich folglich ihrerseits von ihm ab und wollte etwas ohne ihn tun. Doch ihr fiel nichts ein, ... so gar nichts, was sie hätte tun wollen. Sie schaute mit wehmütigem Blick aus dem Fenster und hoffte auf ein hilfreiches Zeichen aus dem Garten. Doch ihr Blick heftete sich auf Unkraut, das entfernt werden müsste, auf kargen Erdboden, der den Garten an dieser Stelle ungepflegt erscheinen ließ, die Bäume wiegten *nicht* ihre Kronen und neigten ihr *nicht* zur Begrüßung die Zweiglein entgegen. Die Sonne blendete und wirkte erbarmungslos, statt Miranda nach draußen in die wohlige Frühlingswärme zu locken. Der Garten war nicht Mirandas Garten, sie konnte nicht erkennen, was sie sonst in ihm gesehen hatte. Die eisige Einsamkeit in Mirandas Seele stieß einen Schrei aus und in Mirandas Nerven zuckte es. Als Antwort stellte sich Kopfweh ein. Das Licht wirkte jetzt zu hell, die Töne zu laut, der Kopf zu schwer für ihren Nacken. Miranda wollte etwas trinken, doch sie mochte nicht in die Wohnküche gehen, in der Konrad eben werkelte und immer noch lustig vor sich hin pfiff. Mietzi schaute zur Tür herein, musterte Miranda, drehte dann aber wieder ab und gesellte sich lieber Konrad zu, der sogleich mit ihr redete. Natürlich konnte Miranda Mietzis Schnurren nicht bis ins Schlafzimmer hören, doch sie wusste, dass sie schnurrte und beneidete sie um Konrads Nähe. Es war wie verhext. Miranda wollte am liebsten in Konrads Nähe sein, fühlte sich aber von ihm abgewiesen und vernachlässigt und konnte sich also nicht in seine Nähe begeben. Was hätte sie darum gegeben, jetzt mit Mietzi zu tauschen. Mietzi erhielt soeben ein Lächeln und die Aufmerksamkeit von Konrad, nach welcher Miranda sich so sehnte.

Miranda warf sich kurzerhand wieder aufs Bett. Es kam ihr dabei nicht in den Sinn, ihre neue Erfahrung als Grund für ihren Zustand zu verdächtigen, ganz im Gegenteil. Sie sehnte sich stattdessen nach der neuen Welt, die sie scheinbar bedingungslos aufgenommen hatte. An dieser Stelle wäre es vielleicht gut gewesen, wenn sich ihre sonst so mitteilsamen Gedanken ein bisschen eingemischt hätten. Vielleicht wäre ihnen ja das ›scheinbar‹ vor dem ›bedingungslos‹ aufgefallen. Doch Miranda überließ sich jetzt vollends ihrem Selbstmitleid und nickte darüber ein.

Als sie erwachte, war bereits später Abend. Alles war finster und still, Konrad hatte sich in die obere Etage verzogen, schließlich hatte er sie nicht noch einmal stören oder aus Versehen wecken wollen. Miranda empfand augenblicklich wieder ihr ganzes Elend. Sie fühlte sich verlassen und ganz allein auf dieser Welt. Und sie fühlte sich regelrecht an ihr Bett gefesselt. Sie wollte nirgends hin, wo noch der Hauch der Fröhlichkeit in der Luft lag, den Konrad dort hinterlassen hatte. Es war seine Fröhlichkeit, eine ohne sie, eine, die sie ausschloss. Ganz leise rollten ein paar Tränen über Mirandas Wangen hinab. *Niemand liebt mich, nicht einmal Mietzi hat mich noch lieb.*

Tatsächlich war von Mietzi keine Spur zu sehen. War sie denn womöglich Konrad in die obere Etage gefolgt? Warum mied sie Miranda? Miranda hätte sich jetzt am liebsten betrunken, irgendwie zugeschüttet, einfach, um sich zu betäuben. Zum Glück war ihr selbst der Aufwand einen Wein zu suchen zu mühsam. Die Stumpfheit in ihrem Kopf war ja auch wahrlich schon Betäubung genug. Miranda schaltete den Fernseher ein und zappte wahllos von einem Kanal zum nächsten. Überall Serien oder Krimis oder Thriller, sehenswerte Filme gab es diesmal nicht. Miranda schaltete auf Radio um, doch die sonst so geliebte Rockmusik nervte. Miranda zappte sogar durch die Radiosender, blieb bei einem Klassiksender hängen, aber nur solange, bis dort Gesang einsetzte. Opern waren jetzt ganz sicher das Letzte, das sie brauchte. Wütend schaltete sie alles ab und stapfte zur Dose mit den Mandeln. Sie mampfte die Mandeln in sich hinein und gab sich diesmal nicht dem Vergnügen hin, jede einzeln mit den Schneidezähnen zu zerstückeln. Stattdessen futterte sie den Inhalt einer ganzen Dose auf einmal in sich hinein und fühlte sich hinterher dennoch keineswegs besser. Ein Kaugummi wäre wohl die bessere Lösung gewesen.

Miranda verwünschte den Tag und schlurfte ins Bad. Es war zwar noch nicht Schlafenszeit, aber was sollte sie noch tun? Sie stand sich unentwegt selbst im Weg und hoffte nur noch inständig, der Schlaf möge sie aus dieser Bedrängnis befreien.

Als Konrad ins Bett kam, schlief Miranda schon tief und fest, rollte sich aber unruhig hin und her, sobald Konrad ihr zu nahe kam. Der dachte sich nichts dabei, rückte von ihr ab und würde sie wohl morgen nach ihren unruhigen Träumen fragen.

Der nächste Tag aber begann eisig. Miranda wich Konrads fragenden Blicken aus und errichtete einen eisigkalten Schutzzaun um sich herum. Konrad hatte wohl bemerkt, dass mit Miranda etwas nicht stimmte, doch er vermochte es nicht, von sich aus einen Schritt auf diesen abwehrenden Zaun zuzugehen. Stattdessen setzte er Reif an wie eine taunasse Herbstwiese, die vom ersten Nachtfrost überrascht worden ist. Er stülpte sich die

Kopfhörer auf und versenkte sich in mediale Welten.

Wieder einmal fühlte sich Miranda zurückgewiesen und entwickelte Groll dagegen. Sie zog sich Arbeitsklamotten an und stapfte in den Garten. Dort hackte sie wie wild auf hohe Unkräuter ein und hoffte dabei insgeheim, Queeny möge sie aus diesem Irrsinn erlösen. Doch Queeny ließ sich seltsamerweise nicht blicken. *Hat sich denn plötzlich alle Welt gegen mich verschworen?*

Miranda verausgabte sich über Stunden hinweg, bis ihr letztlich weder die Luft noch die Kraft reichte, um auch nur ein Hälmchen auszurupfen. Miranda sank zu Boden und blieb an Ort und Stelle sitzen. Ihr Blick schweifte aus dieser totalen Erschöpfung heraus über den Garten hinweg und hielt am Grapefruitbaum inne. Miranda schaute hilfesuchend in sein grünes Blätterkleid und bemerkte ein ganz zartes Winken. Sie schluckte, hatte sie sich das nur eingebildet oder war endlich *ein* Wesen dazu bereit, Kontakt zu ihr aufzunehmen? Geistesabwesend erhob sie sich vom Boden, auf den sie sich eben noch hatte fallen lassen, und schlich dem Baum entgegen. *Eine rettende Seele ...*

Würde sie bei ihm Gehör finden, würde sie sich heimlich in sein Blattwerk hinein ausheulen können? Der Baum empfing Miranda in steter Zuneigung. Er reckte ihr seine Zweige entgegen, die sie nur zu gern streichelte, auch, um endlich wieder Kontakt zum Leben zu bekommen. Und der Baum raunte ihr fast unhörbar zu, dass sie sich in Acht nehmen solle vor der Kraft, mit der sie sich eingelassen hatte. Sie müsse sehr stark sein, um dieser Kraft standzuhalten, doch Stärke allein reiche dafür nicht aus. »Du musst all deine Unschuld aufbieten, wenn du dem Sog standhalten möchtest. Nur Unschuld kann die Macht besiegen«. Miranda liebkoste jetzt auch die dickeren Äste des Baumes. Er hatte erkannt, in welch schwieriger Lage sie steckte, er hatte Antworten geben können, ohne dass sie ihn hatte fragen müssen. Mirandas Dankbarkeit wurde so übergroß, dass sie Miranda mitsamt dem Baum einhüllte. Demütig senkte Miranda den Kopf und endlich spürte sie wieder Liebe in ihrem Herzen. Sie hätte den Baum am liebsten küssen mögen, übermütig streckte sie ihren Kopf zwischen seine Zweige, doch es ziepte heftig, denn flugs hatten sich ihre Haare darin verfangen. Miranda hatte lange zu fummeln, bis sie auch die letzten Strähnchen endlich wieder aus den Zweiglein befreit hatte. Doch danach strichen jung ausgetriebene Blättchen ganz sanft über ihre Wange.

»Ich danke dir«, flüsterte Miranda sanft in die Baumkrone hinein, »Wenn du wüsstest, wie dankbar ich dir bin!« Und noch viel leiser setzte sie nach, »Wenn du wüsstest, wie sehr ich dich liebe«. Ein Flattern aus den oberen Ästen der Baumkrone schreckte sie auf. Eine Taube flog davon. Hatte sie die ganze Zeit furchtlos im Bauminneren ausgeharrt, während Miranda ihr doch so nahe gekommen war? Bei der allerletzten Berührung hatte der Baum mit seinen Blättern Miranda die Wange gestreichelt wie einst Phönix mit den Federn seines großen Flügels. Und nun flog eine ungewohnt mutige Taube aus eben jenem Baum auf, der gerade vermocht hatte, Miranda an diese Federn-Berührung zu erinnern.

Dieser Augenblick verursachte Miranda eine Gänsehaut auf der Kopfhaut, ihr standen die Haare zu Berge, ohne dass sie verstand warum.

Doch bereits im nächsten Moment fiel ihr schlagartig auf, was ihr alles wehtat. Sie hatte so unvernünftig gegen sich selbst gearbeitet, das war sonst nicht ihre Art, jedenfalls nicht die, zu der sie im Laufe der Jahre gefunden hatte. Sie reckte und streckte sich und verzog vor Schmerz das Gesicht. *Oh je*, sie vermochte wieder zu fühlen, mit allem, was dazu gehörte.

Auf dem Weg zum Hauseingang blickte sie noch einmal liebevoll zum Grapefruitbaum zurück. Auch jetzt bewegten sich einige Zweige und automatisch hob Miranda die Hand, um dem Baum zum Abschied zuzuwinken. Sie hauchte sich sogar noch einen Kuss auf die Hand und pustete ihn in seine Richtung. Und endlich konnte Miranda wieder lächeln. Ein Stoßseufzer bahnte sich seinen Weg. Die Luft, die Miranda atmete, roch wieder frisch und nach Sommerwind, nach Meer und nach Leben. Miranda schlüpfte eilig aus ihren verschwitzten Klamotten und gönnte sich eine entspannende Dusche. Das warme Wasser rauschte ihr über den Rücken und nahm ihren Muskeln wenigstens etwas von ihrer Verspannung. Miranda holte sich neue Sachen aus dem Schrank und stopfte die getragenen allesamt in das Wäschekörbchen, denn die rochen befremdlich und Miranda wollte mit diesem Geruch nichts mehr zu tun haben. Frisch gekleidet und frisiert schminkte sie sich, als wenn sie ausgehen wollte. Einen Augenblick später kam Konrad die Treppe herunter und zeigte sich äußerst erstaunt über Mirandas verwandeltes Erscheinungsbild. Vorbehaltlos ging er auf sie zu, schaute ihr dann aber doch noch prüfend in die Augen und gab ihr ein zurückhaltendes Küsschen. Miranda strahlte ihn an und wollte noch mehr davon. Das Glucksen, das ihnen beiden gleichermaßen entschlüpfte, erweckte endlich auch wieder die Kinder in ihren Herzen. Hand in Hand schlenderten die Beiden in die Küche und Miranda kochte Kaffee, dessen Duft beinahe schon sichtbar in Schwaden durch die Wohnung zog. Nach dem Kaffee plapperte Miranda einfach drauflos. Ungeachtet dessen, dass sie die Reihenfolge durcheinanderbrachte und die Gedankenfetzen sich mit Gesprächsfetzen verstrickten, rasselte alles aus ihr heraus, was sie ursprünglich schon gestern hatte loswerden wollen. Konrad hörte bis zum Ende geduldig zu, hatte dann aber doch etliche

Fragen, um Ordnung in das Chaos zu bringen; er wollte schon lieber auch verstehen, was sich da begeben hatte. Sie redeten so lange miteinander, bis sie die richtige Reihenfolge gefunden hatten und die Gedanken dahin sortieren konnten, wo sie hingehörten.

Miranda hatte bei Konrad das gewohnte Verständnis vorgefunden und war inzwischen besonders darüber entsetzt, dass sie je daran gezweifelt hatte. Konrad nahm das gelassen hin und rechnete Miranda keine Schuld dafür an. Er versuchte stattdessen zu ergründen, wohin der nun einmal beschrittene Pfad wohl zukünftig noch führen mochte. Doch davon wollte Miranda im Augenblick überhaupt nichts wissen. In dieser Hinsicht steckte sie ihren Kopf einfach in den Sand und genoss lieber die zurückgekehrte Harmonie zwischen sich und Konrad. Endlich traute sich auch Mietzi wieder in ihre Nähe. Miranda nahm sie hoch und drückte sie sich an die Wange, obwohl sie doch wusste, dass Mietzi es nicht leiden konnte, auf den Arm genommen zu werden. Dieses Mal ließ sie es sich unüblich lange gefallen, bevor sie dann doch heftig strampelnd signalisierte, dass sie bloß schnell wieder Boden unter die Pfötchen bekommen wollte. Miranda hätte singen mögen, endlich hatte der Alltag seine Farben zurückbekommen. Das eintönige Grau war so gründlich verscheucht worden, dass es sich nicht einmal in der Erinnerung hatte einnisten können. Um vieles erleichtert ging Miranda zu Bett ... und diesmal verschwanden Miranda und Konrad wieder beide gleichzeitig darin.

Der neue Morgen begrüßte die Beiden mit Sonnenschein, der die Blätter des Grapefruitbaums glänzen ließ wie die Blätter eines frisch polierten Gummibaums. Miranda huschte, was sonst nie passierte, mit ihren Hausschuhen in den Garten, nur um schnell mal eben den Baum zu streicheln. Er hatte etwas gut bei ihr. Sie würde ihn im Auge behalten, um rechtzeitig zur Stelle zu sein, falls er mal wieder ihre Hilfe brauchte.

Überrascht blickte sie aber auf die Hausschuhe an ihren Füßen und eilte wieder ins Haus zurück, als ob sie in dieser Geschwindigkeit ungeschehen machen könnte, mit den falschen Schuhen im Garten gewesen zu sein.

Einige Tage nach der großen Erleichterung darüber, dass ihr zwielichtiges Abenteuer doch noch gut ausgegangen war, erwischte Miranda sich bei dem Gedanken, *es* vielleicht noch einmal zu probieren. Da sie ja zu guter Letzt zurück gefunden hatte ... und sie und Konrad jetzt auch Bescheid wüssten ... und der Baum ihr gezeigt hatte, dass sie Verbündete hatte, die ihr auch dann helfen konnten, wenn niemand sonst erkannte, dass sie Hilfe brauchte ... das Verbotene lockte.

Aber ist es denn verboten? Es geht doch einzig und allein darum, zu prüfen, ob ich der Macht standhalten könnte. Es ist zwar gewagt, aber nicht verboten.

Wie die Prinzen, die in den Märchen reihenweise auszogen, um kaum lösbare Rätsel zu lösen, und dabei in Kauf nahmen, ihr Unvermögen mit dem Leben bezahlen zu müssen, glaubte auch Miranda, ihr könnte das nicht passieren. Sie würde sich geschickter anstellen als die Anderen und unter allen Umständen einen Ausweg finden. Sie hielt sich für den letzten Prinzen, der es nach den Vielen, die es nicht gemeistert hatten, endlich schaffte.

Miranda verschwand im Schlafzimmer, legte sich aufs Bett und starrte erwartungsvoll an die Decke. Dann stand sie wieder auf und schloss leise die Tür. Sogleich öffnete sie diese wieder, damit sich nicht im nächsten Augenblick Mietzi lautstark beschweren würde. Miranda lehnte die Tür also nur an, sodass Mietzi sich Zugang verschaffen könnte, wenn sie wollte. Konrad saß oben in seinem Zimmer und war für die nächsten Stunden mit seinen Angelegenheiten beschäftigt; vor dem Abendessen würde er wohl nicht wieder herunter kommen. Miranda trat ans Fenster und blickte in den Garten. Die Bougainvillea-Blüten leuchteten mit denen des Hibiskus um die Wette. Der Jasmin bewegte nur die äußersten jungen Austriebe in der kaum bemerkbaren Sommerbrise, das Stückchen Meer, das Miranda auch vom Schlafzimmerfenster aus sah, war tiefblau mit türkisfarbenen Schattierungen. Am blauen Himmel zogen ein paar dekorative weiße Wölkchen entlang, das Meer rauschte in der Ferne ... alles wirkte idyllisch und friedlich. Miranda schob ganz langsam die Fensterblende zu, ein wenig wehmütig schloss sie den Anblick des Gartens aus dem Zimmer aus. Einen Augenblick überlegte Miranda noch, ob sie Konrad vielleicht lieber mitteilen sollte, was sie gerade vorhatte, doch so viel Wind wollte sie nun auch wieder nicht darum machen. Zumal sie ja gar nicht wusste, ob sich der dunkle Geist überhaupt wieder einstellen würde. Ein eigentümlich flaues Gefühl in ihrem Unterleib verriet ihr, dass sie sich nicht ganz sicher war, ob für das, was sie vorhatte, jetzt der richtige Zeitpunkt wäre. Doch entschlossen zog sie die Gardine noch vor die zugeschobene Blende, um vom Tageslicht so viel wie nur möglich abzuschirmen. Noch geblendet vom letzten Blick nach draußen sah sie jetzt erst einmal gar nichts mehr; erst allmählich vermochten ihre Augen, ein schwaches Restlicht auszumachen. Miranda tastete sich sachte um das Bettende herum und legte sich wieder hin. Sie streckte sich ausgiebig und blieb dann auf dem Rücken liegen. Erwartungsvoll starrte sie in die Luft. *So, und jetzt?* Sie wollte, dass der Überraschungsgeist diesmal auf Bestellung auftauchte, doch so einfach schien das nicht zu funktionieren. Miranda überlegte, was der Sache beim letzten Mal vorausgegangen war. Sie erinnerte sich an die heftige Erregungswelle, die sie erfasst hatte, bevor der Unsichtbare erschienen war. Aber auch die wollte so auf Bestellung nicht anrollen. Außerdem fragte sich Miranda, ob der Geist damals nicht vielleicht auch dabei schon im Anmarsch gewesen sein konnte. *Schließlich ...,* blitzartig schwiegen Mirandas Gedanken; eine warme Brise wehte durchs Zimmer und schien sich dabei im Kreis zu drehen wie ein beginnender Tornado. Der Raum füllte sich mit einem angenehmen Summton. Der Miniatur-Tornado wanderte über Mirandas Körper hinweg und öffnete dabei die Knöpfe ihres Hauskleids. Wie von selbst rutschte der weich fließende Stoff auseinander und entblößte Mirandas nackte Haut. Allein schon das Streicheln des zurückweichenden Stoffes löste ein Prickeln aus, das sich geschwind in Miranda ausbreitete. Unwillkürlich begann sie sich auf dem Bett zu rekeln und zu winden und fühlte, wie sie von der fremden Macht nach Belieben gedreht und gewendet werden konnte. Noch einige Male versuchte Miranda, die Kontrolle über das Geschehen zu behalten, doch es gelang ihr nicht, im Hier und Jetzt zu bleiben. Ihr Körper zerfiel in tausende Einzelteile und auch dieses Mal schien ein jedes davon in eine andere Welt abzudriften. Allmählich wuchsen sich all ihre Einzelteile vervielfältigend jeweils zu einer weiteren Miranda aus, und so lebte, fühlte, bebte und schwebte sie gleichzeitig in vielen unterschiedlichen Dimensionen. Miranda stöhnte, keuchte, schrie, dass es von den Wänden widerhallte. Doch da öffnete sich mit einem Stups die Tür und besorgt über Mirandas Zustand, schlich Mietzi sich ans Bett heran. Sie hopste auf Mirandas Brust und tretelte und schnurrte, um die davonfliegende Miranda wieder zurück zu holen. Doch Miranda war diesmal alles andere als erfreut darüber. Sie scheuchte Mietzi vom Bett, die aber gleich wieder am Fußende herauf hopste und Miranda mit intensivem Blick beobachtete. Mietzis Pupillen waren so weit gestellt, dass ihre Augen schwarz wie die Nacht waren, doch Miranda konnte es in der Dunkelheit nicht sehen und spürte lediglich Mietzis starke Aufmerksamkeit auf sich ruhen. Vergeblich behielt Miranda die Augen geschlossen und hoffte, so noch einmal davonfliegen zu können, doch der Geist war fort, kein Tornado mehr zu spüren, nicht einmal eine kleine warme Brise war noch übrig. So abrupt aus diesen vielen Dimensionen heraus gerissen, fühlte sich Miranda jetzt winzig wie eine Fliege. Und noch nicht einmal wie eine Fliege, denn jetzt konnte sie ja nicht mehr fliegen. Tatsächlich kam es ihr jetzt vor, als wenn die Katze ein Vielfaches größer wäre als sie selbst. Immer noch mit geschlossenen Augen fühlte Miranda Mietzis Aufmerksamkeit nach und bemerkte, dass diese wie eine Glasglocke über ihr schwebte. Konrads Schritte waren auf der Treppe zu hören. Stufe um Stufe kam er Miranda näher, die jetzt zwar unbedingt die Augen öffnen wollte, doch plötzlich nicht konnte.

Mehrfach kam es Miranda vor, als hörte sie eine Stimme, doch das Einzige, das in ihr nachzuhallen schien, war das Wort ›Sparflamme‹. *Was ist mit der Sparflamme?*, regte sich ein erster Gedanke in Miranda, doch auch dieser Gedanke reduzierte sich wieder auf den Nachhall ›Sparflamme‹. *Verflucht nochmal, jetzt dreh aber mal den Hahn auf, ich erkenne so ja keinerlei Sinn!*

So töricht Mirandas Gedanken mitunter auch erscheinen mochten, sie hatten garantiert immer eine ernüchternde Wirkung. Ihr Verstand war wieder voll da und Miranda schüttelte den Kopf. Konrad trat schließlich zur auf gestupsten Tür herein und fragte, ob alles in Ordnung sei. Er entschuldigte sich, weil er durch die Kopfhörer, die er aufgehabt hatte, vielleicht nicht mitbekommen haben könnte, ob sie ihn riefe. »Nein ... ist schon alles okay. Ich hab dich nicht gerufen«. Schlagartig wurde Miranda klar, dass sie wohl sehr laut gewesen war. Sie musste grinsen, als sie dachte, dass es wahrscheinlich eher gut gewesen war, dass Konrad die großen Kopfhörer aufgehabt hatte. Vorsichtig erkundigte sie sich, warum er denn runter gekommen wäre, wenn er doch vorher durch die Kopfhörer nichts hatte hören können. »Mir war irgendwie so, als wenn ich etwas gehört hätte«, murmelte Konrad und sah sie dann forschend an. »Mmh, ja, vielleicht hast du was gehört, keine Ahnung. Mietzi scheint sich auch schon Sorgen um mich zu machen«. Konrad schaltete das Licht im Flur ein, so dass ein schmaler Lichtkegel zu Miranda ins Zimmer fiel. Sie war froh, dass Konrad nicht das Licht im Zimmer angemacht hatte. Schnell zog sie sich die Decke über und tat so unschuldig sie nur konnte, als Konrad zu ihr ans Bett trat. »Darf ich«, fragte er, bevor er sich setzte. »Natürlich darfst du«, nuschelte Miranda, doch ihre Stimme war heiser und sie hüstelte gleich hinterher. »Was ist los, hier stimmt doch was nicht. Warum sagst du, Mietzi macht sich Sorgen und erklärst mir aber, alles wäre okay?« Konrad schaute Miranda durchdringend an und stellte dann eher fest, als dass er fragte: »*Er* ist wieder da gewesen, stimmt's?« Miranda zuckte zwar erwischt zusammen, war aber doch froh, dass Konrad sie fragte. Es durfte auf keinen Fall so wie beim letzten Mal ausgehen. Kleinlaut gab Miranda zu, dass sie es gewollt hatte. »Und das heißt im Einzelnen?«, forderte Konrad ungeduldig weitere Details. »Also ich hab extra alles so wie beim letzten Mal abgedunkelt und ihn quasi herbei gebeten«, gab Miranda verlegen zu. »Gebeten?«, Konrad konnte sich einen sarkastischen Unterton nicht verkneifen. »Wie bittet man denn einen Geist dieser Art, zu erscheinen?« Miranda bemerkte, dass Konrad sich ungewöhnlich verhielt. Wo war seine Neugierde, wo seine Anteilnahme? Andererseits wollte sie ihm auch in dieser Situation nicht erzählen, was sie erlebt hatte. Ohnehin war mit Worten nicht viel zu beschreiben. Konrad rückte ein Stück von ihr ab und wendete sich Mietzi zu: »Stimmt's, das ist nicht nett, wenn sie das macht, ohne uns vorher Bescheid zu sagen!« Mietzi stupste Konrad am Ellbogen und drehte sich eine Runde im Kreis, während sie heftig schnurrte. Miranda erinnerte sich daran, dass sie ihrer Idee, ihr Vorhaben anzukündigen, nicht nachgegangen war. Schuldbewusst gestand sie Konrad, dass sie ihm beinahe vorher Bescheid gesagt hätte, und dass sie auch nicht wüsste, warum sie es dann doch nicht getan hätte. »Das ist ja noch schlimmer! Du denkst erst darüber nach und tust es dann trotzdem nicht?« Konrad war offensichtlich empört, »Du weißt schon, dass du mit dem Feuer spielst, ja?« Er sprang auf und schien das Zimmer verlassen zu wollen, doch stattdessen schaltete er das Licht ein. Miranda legte sich den Arm über die Augen und fand das Licht jetzt äußerst unpassend. Konrad aber schritt zum Fenster, schob die Gardine beiseite und öffnete die Blenden. Jetzt kam sich Miranda komplett nackt vor, und das, obwohl sie sich unter der Decke verkrochen hatte. Sie überlegte einen Augenblick, ob Konrad denn womöglich eifersüchtig auf den Geist sein könnte, aber eigentlich passte das nicht zu seinem bisherigen Verständnis. »Steh auf«, befahl er in ziemlich strengem Ton. »Das ist mir jetzt aber unangenehm, was ist denn bloß los mit dir, du hast doch sonst immer für alles Verständnis!« Miranda machte keine Anstalten aufzustehen. Und Konrad maulte zurück: »Ja, eben, ich hab doch sonst immer für alles Verständnis! Deshalb könntest du auch mal welches haben!« Miranda war verblüfft: »Bist du denn auf einmal eifersüchtig auf meine Erscheinungen?«, ihre Erwiderung enthielt einen spitzen Unterton. »Nee, damit hat das gar nichts zu tun, sondern damit, dass du mir nicht vorher sagst, wenn du uns wieder in so eine durchaus unüberschaubare Situation bringst«. Miranda nickte, sie bereute jetzt aufrichtig, dass sie ihm nicht gesagt hatte, dass sie sich mit dem Gedanken trug, *es* noch einmal zu probieren. Andererseits hatte sie auch Angst gehabt, dass dadurch ein Erwartungsdruck entstünde, der ein Wiedersehen mit dem Geist völlig unmöglich machen würde. Doch wie sollte sie das jetzt, mitten in die verärgerte Stimmung hinein, erklären. Miranda nahm sich fest vor, Konrad später mitzuteilen, was sie gerade gedacht hatte.

»Steh auf«, kommandierte Konrad erneut. Miranda verstand selbst nicht, warum sie sich plötzlich vor Konrad genierte, aber sie tat es nun einmal und irgendwie schien Konrad das voll auszukosten. Oder merkte er es vielleicht gar nicht? »Ich komme, sobald du raus gegangen bist«, versuchte es Miranda trotzig. Doch Konrad kam auf sie zu gerauscht, schlug die Decke zurück, stutzte einen Moment, als er ihrer voll beleuchteten Nacktheit gewahr wurde, doch zog dann fast schon unsanft an Mirandas Arm, die sich daraufhin einen Stoß gab und eilig aufstand. »Ich will nicht, dass du jetzt alleine hier in diesem Raum zurück-bleibst, also los, mach dass du raus kommst … und übrigens … hab ich ja wohl eher noch ein Recht darauf, dich anzusehen, als dieser Schattengeist!« Um Konrads Augenwinkel sprang ein begehrliches Grinsen. Miranda liebte diese kleinen Anspielungen und sprang Konrad flugs entgegen. Sie umschlang ihn mit beiden Armen und wollte ihm einen kleinen Stupse-Kuss auf die Nase drücken, doch

Konrad packte Miranda an der Taille, zog sie an sich und schob sie dabei beherzt aus dem Zimmer heraus bis in den Flur. Vor der Treppe blieb er stehen und beugte sich nach vorn, wobei er Miranda entsprechend nach hinten weg bog, wie bei einem Tango. Der spielerisch gemeinte Kuss fiel weit intensiver aus, als gedacht. Miranda keuchte und unerwartet übertrug sie plötzlich all ihre Erinnerungen an die Hitze des kleinen Tornados auf Konrad, der sich diese ›Wenn-auch-nur-Erinnerung‹ im Augenblick nur allzu gerne veranschaulichen ließ.

Es war wild, es war leidenschaftlich, es war berauschend gewesen und doch hinterließ es in Miranda eine ungestillte Sehnsucht. Sie ahnte diesmal ziemlich schnell, dass der dunkle Geist vermochte, sie nach *seinen* Abenteuern süchtig zu machen. Miranda verstand nicht weshalb. Was wollte *er* von ihr? Wieder tauchte die noch immer unbeantwortete Frage in ihr auf, was der Geist eigentlich selber davon hatte, sie in diese fremden Welten zu entführen. Spekulierte er darauf, dass sie ihm früher oder später dorthin folgen würde? Was könnte er noch von ihr wollen?

Er schaffte bereits, dass Miranda sich gegen jegliche Vernunft seine Anwesenheit herbeisehnte, ohne Konrad vorher einzuweihen. Das wäre vor kurzem noch undenkbar gewesen, offenbar veränderte dieser Geist Mirandas Verhaltensweise. Sie neigte plötzlich zu Selbstüberschätzung und von ihrer sonstigen Angsthasen-Neigung war keine Spur mehr zu ahnen. Auch fühlte sie den Kontakt zu ihrer Umwelt nicht mehr unmittelbar, sondern empfand das, was sie ansah, als müsste sie das Bild erst in ihre Wahrnehmung übersetzen. Ausgerechnet die für Miranda typische Art zu sein und die Dinge wahrzunehmen, schien von einer eigenartigen Distanz und Überheblichkeit, à la ›was ist das schon‹, abgelöst worden zu sein. Gleichzeitig fühlte Miranda sich, als stände sie über den Dingen. Sie war auf unschöne Weise abgehoben und konnte es im Augenblick nicht einmal selbst erkennen. Sie kam sich ganz normal vor und fühlte sich gut. Wenn ein Teil in ihr nicht die Neigung gehabt hätte, immerzu alles zu hinterfragen, dann hätte sie nicht einmal den blassesten Schimmer davon bekommen, dass etwas Seltsames vorging.

Konrad bemerkte es natürlich ziemlich schnell. Er vermisste die Natürlichkeit und vielleicht auch Naivität, mit der Miranda bisher der Welt begegnet war. Sie überließ sich nicht mehr ihren Gefühlen, sondern schien plötzlich alles planen zu wollen. Der Garten verlor zunehmend mehr an Bedeutung und Miranda schien ihn nur noch für eine Arbeitsstelle zu halten. Unentwegt plante sie, was wann wo erledigt werden müsste, als wenn das Unvollkommene jetzt nicht mehr auch seine eigene Schönheit besitzen würde. Eine Weile schaute Konrad sich das an, bis er endlich beschloss, mit Miranda darüber zu reden. Doch er wusste, dass mit Worten hier nur Missverständnisse erschaffen würden. Während er grübelte, wie er sich Miranda verständlich machen könnte, bemerkte er gar nicht, wie viele Monate dahin flossen, ohne dass er eine wie auch immer geartete Bremse ziehen konnte. Miranda aber nutzte unentwegt jeden Augenblick, in dem Konrad alleine in der Stadt war, um den dunklen Geist zu sich zu bestellen. Sie hatte mittlerweile immer mehr Vertrauen zu ihm gefasst, denn es lief alles ausschließlich zu ihren Gunsten, wie sie meinte.

Unterdessen begann der Garten zu leiden. Miranda hörte nicht mehr, wenn ein Baum nach ihr rief und verstand auch die Gesten der Gartenkatze nicht mehr. Queeny schaute sie oftmals verständnislos an und fragte aus den Augen: ›Kennst du mich denn gar nicht mehr?‹ Geduldig schlich und strich sie Miranda um die Beine und hoffte auf ein Zeichen. Doch Miranda bemerkte nicht, wie Queeny versuchte, sie nicht nur körperlich zu berühren.

Miranda schüttete ihr immer wieder beinahe lieblos das Futter in ihren Napf und hielt die Sache damit für erledigt. Einmal kam Konrad gerade dazu und beobachtete den Hergang. Und als Miranda wieder zur Tür hinein wollte, versperrte er ihr den Weg. »Dreh dich noch einmal um und sieh, wie traurig Queeny geworden ist. Sie schaut dir nach, doch du würdigst sie keines Blickes. So vergeht ihr der Appetit und dafür muss sie sich später auch noch von dir an nörgeln lassen, weil sie das Futter liegen gelassen hat. Du denkst, sie mäkelt das Futter an, doch bemerkst nicht, wie sie unter deiner Ignoranz leidet. Wo ist dein Mitgefühl hin? Ich erkenne dich nicht wieder«. Konrad blickte Miranda mit traurigem Ausdruck an, seine Stimme war leise, sachlich und kein bisschen vorwurfsvoll gewesen. Aber Miranda verstand nicht so recht, was sie denn hätte anders tun sollen. Sie wollte seine Worte schon als ungerechtfertigte Kritik abtun, doch im Hintergrund meldete sich eine ihr vage bekannte Stimme. Auch diese Stimme sprach nur gedämpft und schüchtern zu ihr, doch laut genug, dass Miranda vernahm, was sie sagte: »Du fühlst dich mächtig und vor allem nicht mehr verletzbar, du glaubst, das wäre eine Verbesserung gegenüber früher, eine positive Weiterentwicklung. Doch wenn deine Mitgeschöpfe keine Zuneigung mehr von dir bekommen, dann werden sie irgendwann aufhören, darauf zu hoffen oder zu warten. Eines Tages stehst du dann einsamer denn je vor dem Trümmerhaufen, den das ach-so-schöne Machtgefühl in dir angerichtet hat«. Miranda schluckte und wusste nicht, wohin sie schauen sollte. Obwohl sie Konrads stetem Blick hatte ausweichen wollen, konnte sie doch nicht mehr darüber hinwegsehen, dass er Sorgenfalten auf der Stirn hatte, die ihr noch nie aufgefallen waren.

»Schau mal zu deinem Grapefruitbaum«, auch er versteht die Welt nicht mehr. Du hast schon ewig nicht mehr durch seine Zweiglein gestreichelt, du legst ihm ja nicht mal mehr den Wasserschlauch in die Baummulde. Du merkst gar nicht, wie viele Versprechen du brichst. Und gerade diesem Baum gegenüber wolltest du ewig deine Dankbarkeit bekunden«. Auch diese Worte hatte Konrad ohne einen Vorwurf in der Stimme geäußert. Es war eine sachliche Feststellung. Selbst bei bösem Willen konnte man keine Anschuldigung in den Tonfall hineindeuten. Miranda fühlte sich mit einem Mal unbehaglich. Wenn sie irgendetwas nicht leiden konnte, dann waren das Wortbrüche und Versprechen, die nicht eingelöst wurden ... so hatte sie nicht werden wollen. Und doch musste sie einsehen, dass Konrad Recht hatte mit dem, was er sagte. Miranda schaute zum Grapefruitbaum hinüber und nahm wahr, dass er die Blätter rollte. Sie wirkten bräunlich-gelb statt dunkelgrün und Miranda spürte einen Stich im Herzen. Unsagbare Enttäuschung über ihre eigenen Verfehlungen und eine Sturzflut an Traurigkeit stiegen ihr von der Kehle bis zum Bauch immer wieder auf und ab. Miranda wurde schlecht, dieses Auf und Ab in ihrem Körper verursachte ihr vorübergehend einen Drehschwindel. »Mein Gott, wie konnte das bloß passieren!«, Miranda blickte hilfesuchend zu Konrad, der deutlich feuchte Augen hatte. Froh darüber, endlich einen Weg gefunden zu haben, Mirandas Seele zu erreichen, hätte er am liebsten zugleich lachen und heulen mögen. Doch das Heulen erledigte Miranda für ihn, die glaubte, seine Tränen seien ein Zeichen von Traurigkeit. Ihr vermeintlich schönes Stütz- korsett aus Machtgefühlen fiel schlagartig in sich zusammen und ließ dabei alles auf Miranda einstürzen, wogegen sie allmählich blind geworden war. Sie schluchzte unaufhalt- sam und verdeckte ihre Augen, weil sie eigentlich lieber alleine geweint hätte. Doch Konrad zog sie vorsichtig an sich und Miranda fühlte sich wie ein brüchiger Kahn, der in den sicheren Hafen gezogen wird. »Wie konnte ich dir das nur antun, wie konnte ich euch allen das nur antun! Ich bin entsetzt, was aus mir geworden ist. Gerade *so* hatte ich nie sein wollen!« Eine weitere Sintflut brach aus ihr hervor, doch Konrad beschwichtigte sie: »Du wolltest diese Erfahrung machen und ich konnte nichts daran ändern. Dass es nicht leicht werden würde, war mir vorher klar gewesen, wie schwer es dann aber wurde, das hatte ich mir nicht vorstellen können. Du wurdest unerreichbar für mich, für uns alle, und ich wusste tatsächlich nicht mehr, ob es je wieder eine Umkehr geben würde. Doch jetzt bist du ja wieder da, wir sollten wegfahren, um auf andere Gedanken zu kommen. Wenn wir diesem Ort den Rücken kehren, fällt es dir vielleicht leichter, wieder im echten Leben anzukommen; mit all seinen Schmerzen, ... mit all seiner Traurigkeit, ... mit all der Verletzbarkeit, die allesamt dazu gehören, wenn man fühlen kann und wenn man mitfühlen kann«. Miranda schluchzte schon wieder los. Sie war Konrad so unendlich dankbar, dass er jetzt für sie da war.

Keine Spur von ›nachtragend‹ fand sich auch bei Queeny, die Miranda schnell entgegen gehoppelt kam und sie freudestrahlend anblinzelte. Oder bildete sich Miranda das jetzt nur ein? So oder so bückte sie sich ihr entgegen und kraulte ihr das Köpfchen. »Du arme kleine Maus, es tut mir so leid, ich werde das versuchen, wiedergutzumachen«. Miranda hörte ihre eigene Stimme und fragte sich, ob die sich jetzt anders anhörte als gestern noch. Sie schaute zu Konrad, der noch immer vor ihr stand, und wollte wissen: »Höre ich mich irgendwie anders an beim Sprechen?« - »Ja, allerdings!« Miranda richtete sich wieder auf: »Ich verspüre das dringende Bedürfnis, mich irgendwie zu häuten«. Konrad erwiderte schelmisch: »Na versuch's doch mal erst mit 'ner ausgiebigen Dusche«. Sein Feixen tat gut und Miranda fragte sich, wie sie darauf hatte so lange verzichten können. Schnurstracks lief sie ins Bad, rupfte sich die Klamotten vom Leib und stellte sich unter die Dusche. Sie seifte sich überreichlich mit Duschgel ein und Mietzi kam neugierig schauen, was es mit diesen weißen Schaumkrönchen auf sich hätte. Doch kaum spritzte Miranda wieder um sich, flüchtete Mietzi blitzschnell davon. Während Miranda beschloss, dass sie die getragenen Sachen gleich in den Wäschekorb stopfen und sich dann komplett neue Klamotten aus dem Schrank suchen müsste, erinnerte sie sich daran, dass das Bedürfnis, sich rundum zu erneuern auch schon nach der allerersten Erfahrung mit dem dunklen Geist dagewesen war. Miranda fühlte sich unbehaglich, weil sie zugeben musste, dass sie danach nicht etwa genug von diesem Abenteuer gehabt hatte. Warum war sie der Sache dann nicht fern geblieben? Könnte ihr solch ein Rückfall auch jetzt wieder passieren? Im Siphon gurgelte das letzte Wasser in Wirbeln, die der Sog bildete. Entsetzt sprang Miranda aus der Dusche und patschte vor Schreck barfuß auf die Fliesen. Eine gruselige Szene aus einem Film hatte sich in ihre Erinnerung gedrängt. Miranda schnappte sich das Handtuch, schlüpfte mit nassen Füßen in ihre Hausschuhe und floh aus dem Badezimmer. Konrad rief aus der Wohnküche: »Was ist denn los? Was quietschst du denn so?« Miranda hatte zwar nicht bemerkt, dass ihr Entsetzen sich auch stimmlich geäußert hatte, doch sie konnte es sich durchaus vorstellen. »Ich glaube, ich bekomme schon Verfolgungswahn« - »Wieso, was war denn?«, fragte Konrad besorgt, denn er war sich darüber im Klaren, dass der Schattengeist fortan nicht einfach so mir nichts dir nichts fort bleiben würde. Zwar wusste auch Konrad noch nicht so genau, was der denn eigentlich für eine Gegenleistung von Miranda gewollt hatte, aber dass er das ›Was-auch-immer‹ weiterhin beanspruchen würde, war ja wohl vorauszusehen.

Auch Miranda schien darauf gefasst zu sein, denn sonst wäre sie in der Dusche nicht so nervös gewesen. Irgendwie schwebte die Gefahr, wieder in die Fänge des Schattengeistes zu geraten, so greifbar nahe im Raum, dass Mirandas generelle Neigung zu Ängstlichkeit sich schlagartig verstärkte.

Als Miranda bei Konrad in der Küche stand, begann sie zu frieren. Der Raum hatte 27 Grad und bot ganz sicher keinen Grund dazu. Konrad rubbelte Miranda trocken und summte einen vibrierenden Ton dazu. Früher hatten sie es geliebt, beide gleichzeitig zu summen und dabei ausprobiert, wem von beiden zuerst die Luft dafür ausging, doch jetzt erinnerte selbst dieser Summton Miranda an ein anderes raumfüllendes Summen und so bat sie Konrad, lieber damit aufzuhören. Beide bedauerten wortlos, dass ihnen ein Stück ihrer gemeinsamen Geschichte geraubt worden war. Doch vielleicht würden sie sich dieses Stück eines Tages zurückholen können. Hoffnungsvoll begann Konrad zu überlegen, wo sie denn mal so auf die Schnelle hinfahren könnten. Er holte prompt einen Atlas aus dem Regal, der immer griffbereit neben dem Esstisch stand, und begann zu suchen. Etwas mit Wasser sollte es sein, denn das Feuer könnte vielleicht mit Wasser zurückgedrängt werden. Jedenfalls hätte man einen Gegenspieler, ein verbündetes Element an seiner Seite. »Was suchst du?«, erkundigte sich Miranda, die sich über den Atlas wunderte. »Ich suche nach Ideen«, murmelte Konrad, der einen italienischen Badeort im Sinn hatte. Aber vielleicht könnte auch ein Quelltopf in Griechenland einige Elfen gegen den dunklen Geist aufbieten.

Noch am selben Abend beschlossen die Beiden, schon morgen loszufahren, ganz gleich, wohin. Am liebsten durch einen Wald mit Quellen, die auch jetzt im Sommer eisigkalt aus dem Berg sprudelten. Allein schon der Gedanke daran brachte Frieden in Mirandas Sinne. Konrad sah indessen zu, dass er Miranda niemals von der Seite wich. Auch nicht einen Augenblick lang wollte er Miranda alleine lassen. Selbst die Badezimmertür ließ er offen, um nur nicht zu verpassen, ob Mirandas Zustand sich änderte. Mietzi bemerkte die Aufbruchsstimmung;

wenn Miranda anfing, Taschen auszusuchen und geschäftig in der Küche herumwirbelte, war das meist ein untrügliches Zeichen für einen Ortswechsel. Wenig begeistert davon und doch immer in der Nähe bleibend, um ja nicht womöglich vergessen zu werden, schlich Mietzi abwechselnd mal zu Konrad, mal zu Miranda. Die Stimmung, die insgesamt in der Luft lag, schien ihr eher zu gefallen. Kein Zeichen von Stress, wie vor langen Fahrten, sondern eher eine allgemeine Abenteuerlust. Die übertrug sich jetzt auch ein wenig auf Mietzi.

Kaum saßen sie im Auto und fuhren los, drifteten Mirandas Gedanken ab. Ein beängstigendes Pulsieren erfüllte ihren Schoß. Misstrauisch wartete sie ab, wie es weiter gehen würde, denn gerade diese Eigentümlichkeit wollte sie Konrad nicht gleich erzählen. Erst als sie nach geraumer Zeit einschlief und zu träumen begann, wurde klar, dass sie wohl Besuch bekommen hatte. Konrad ahnte nichts, während er das Auto routiniert durch die Serpentinen lenkte, er freute sich voreilig, dass sie dem dunklen Geist so glimpflich entkommen waren. Erst als Miranda zu stöhnen begann, bemerkte er, dass sie eingeschlafen war. Ihr Kopf fiel ruckartig nach vorn und die Schultern folgten nach. Unvermittelt trat Konrad auf die Bremse. Mitten in einer Kurve war eine denkbar ungünstige Stelle, um anzuhalten, doch Konrad war so entsetzt, dass sie *ihn* doch nicht abgeschüttelt hatten, dass er das Auto augenblicklich zum Stehen brachte. Er rüttelte an Mirandas Schulter und schrie sie an: »Miranda, komm zurück, hörst du mich, komm zu mir zurück. Wehre ihn ab, schicke ihn fort, verscheuche diesen Schatten-Dämon!« Miranda versuchte sich aufzurichten und die Augen offen zu halten. Doch das verräterische Pulsieren in ihrem Schoß ließ nicht nach. Schließlich überwand sie sich, es Konrad mitzuteilen und auch, dass sie es gerade vorher schon gehabt hatte, aber nicht, wie gestern in der Dusche, nur deshalb schon Gespenster sehen wollte. Konrad verstand ihre Begründung und war jetzt doch gewarnt, dass nicht alle eingebildeten Gespenster eingebildet sein müssten. »Wie weit ist es schon gegangen, was ist mit dir geschehen? Bist du jetzt völlig wach und richtig hier bei mir, bei uns? Sieh mich an, Miranda, schau mir in die Augen!«

Miranda vernahm ein herannahendes Motorengeräusch und bat Konrad weiterzufahren, bis sie an der nächstbesten geeigneten Stelle halten könnten. Notgedrungen sah Konrad das ein, obwohl er jetzt äußerst ungern weiterfuhr. Er startete den Motor, aber redete eindringlich auf Miranda ein: »Hör mir zu Miranda! Konzentriere dich auf die Straße, sag mir, wie groß der Abstand zum Straßenrand ist. Bitte sag es ununterbrochen, ich will, dass du mit mir redest!« Miranda konnte kaum die Augenlider heben. Das Vibrieren des Motors schläferte sie ein. »Rede mit mir!«, schrie Konrad sie an und schaltete gleichzeitig die Warnblinkanlage ein. Das Auto, das sie schon aus der Ferne gehört hatten, war nur noch eine Serpentine entfernt, bald würde es sie eingeholt haben und Konrad könnte danach endlich nach einem geeigneten Halteplatz Ausschau halten. Während er ungeduldig in den Rückspiegel sah und nur sehr langsam weiterfuhr, kam Konrad eine Idee. Das Auto hinter ihnen verstand Konrads Warnblinker richtig und überholte sie. Kaum, dass es vorbei war, hielt Konrad an und befahl Miranda, auf den Fahrersitz rüber zu rutschen. »Setz dich ans Steuer!« Er selbst schoss in

Windeseile um das Auto herum, setzte sich auf den Beifahrersitz und dirigierte Miranda, bis sie das Auto in Gang setzte. Augenblicklich war Miranda hellwach. Ihre Sinne waren jetzt vollständig auf das Autofahren ausgerichtet und der Geist würde ab jetzt keine Chance mehr haben, sich ihr zu nähern. Denn dieses Abdriften in Bilderwelten war schon immer ausschließlich im Beifahrermodus geschehen. Sobald Miranda selber steuerte, wurde sie aufmerksam und konzentriert. Miranda blökte: »Du bist so genial! Da wäre ich jetzt nicht drauf gekommen, und dabei ist es doch so naheliegend!« Miranda warf Konrad einen anerkennenden Blick zu und der strahlte tatsächlich voller Stolz über seinen Einfall. »Ich kenne meine Miranda eben!«, er griente vor sich hin. Doch in Wirklichkeit sollte das wie Singen im Wald wirken. Konrad war zwar erleichtert, dass er einen Anker hatte werfen können, doch er machte sich bereits Sorgen über die nächste Nacht. Was, wenn Miranda nachts zu träumen begänne und dem allmählich aufdringlichen Geist ungewollt Zugang gewährte? Er überlegte hin und her und übersah dabei die kleine Wegkreuzung, an der sie eigentlich hatten abbiegen wollen. Als er Miranda darauf hinwies, dass sie umkehren müssten, um zu dieser kleinen Straße zurück zu gelangen, machte die wohlgemut kehrt und fühlte sich ganz in ihrem Element. Sie liebte Autofahren und sie liebte Herausforderungen; also wendete sie auf der engen, steilen Straße und lauschte lediglich angespannt, ob wohl weit und breit noch ein Motorengeräusch zu hören wäre. Doch da war nichts und so konnte sie ihr Wendemanöver in aller Ruhe vollziehen. Als sie an der kleinen Abbiegung ankamen, kicherte Miranda: »Kein Wunder, dass du diese Straße nicht gleich entdeckt hast, das Auto wäre wohl auch lieber auf der anderen geblieben«. Die Reifen rollten über Schotter, der dabei mächtig Staub aufwirbelte; eigentlich hätte das, laut Karte, eine ›gelbe Straße‹ sein sollen und keine weiße, aber da waren sicher schon einige Jahreszeiten darüber hinweggegangen. Sie wurden tüchtig durchgerüttelt und Miranda sang vor sich hin »Hoppla-di-hoppla-da«, ... als wenn sie das unerwartete Wiederauftauchen des dunklen Geistes schon längst vergessen hätte. Konrad musterte sie ungläubig und hätte sich nur allzu gern von ihrer guten Laune anstecken lassen, doch die Fähigkeit von einem Augenblick zum nächsten in einer völlig anderen Welt zu sein, hatte er leider nicht. Immer noch beschäftigte ihn die Sorge um Mirandas Schlaf. Er behielt es aber für sich und gönnte Miranda ihr momentanes Vergessen. Die Angst würde früh genug wieder über sie herfallen.

Miranda entdeckte eine kleine ebene Fläche am Straßenrand, die sogar von ein paar Bäumen beschattet war. Sofort trat sie auf die Bremse und lenkte dort hinauf. Konrad erkannte nicht sofort, was sie vorhatte und wunderte sich: »Was ist denn?« »Ich dachte, wir könnten hier mal halten? Schau mal, da unten ist eine hübsche Schlucht«. Konrad wusste nicht so recht, ob der Halt jetzt, da es doch gerade so gut gelaufen war, eine gute Idee war, aber Miranda stieg schon aus und vertrat sich ein bisschen die Füße. Außerdem hatten sie von dieser Stelle aus tatsächlich eine herrliche Aussicht in die Umgebung der Berge. Vorsichtig und so unauffällig wie möglich, beobachtete Konrad Mirandas Gesicht. Sie schien sorglos im Augenblick aufzugehen. Miranda stieg wieder ein und wirkte äußerst frohgemut. Konrad hielt es nicht mehr aus und fragte sie, was mit ihr sei. Miranda bemerkte offenbar nichts Ungewöhnliches an ihrer Stimmung, doch sie gab zu, sehr erleichtert zu sein. Sie überlegte, woran das wohl liegen könnte, und plötzlich fiel es ihr wie Schuppen von den Augen: »Ha, ich weiß es jetzt! Und *du* hast die entscheidende Idee gehabt! ... Ich sollte mich ans Steuer setzen, ... weißt du noch? Und genau das ist es! ... Lilly würde auch sagen, ich muss selbst steuern, statt es nur geschehen zu lassen. Ich bin stark, ich kann das, wenn ich mich nur darauf besinne. Ich darf nicht mehr ängstlich zurückweichen, ich muss auch dem Schattengeist mutig entgegentreten und ihn zurückweisen! Er hat mir fest versprochen, all meinen Befehlen Folge zu leisten, also muss er auch gehorchen, wenn ich ihn abbestelle auf Nimmerwiedersehen!« Eine seltsame Stimme hallte in Miranda nach: »Bestimmt auf Nimmerwiedersehen? Willst du dir nicht ein Hintertürchen offenhalten, ... schließlich sollte man nie ›nie‹ sagen«.

»Holla, weg mit dir! Beinahe hättest du mich nochmal geködert. Du hast doch gehört, was ich gesagt habe, ich will, dass du mich in Ruhe lässt und« ... ein bisschen schwer fiel es Miranda jetzt doch, den Satz wie gewünscht zu Ende zu sprechen ... »nie mehr wieder- kommst!« Sie hatte es gerufen, als wenn ihr Gegenüber schwerhörig wäre, doch das sollte wohl ihrer Bestimmtheit Ausdruck verleihen. »Nun gut, wie du willst. Ich verabschiede mich von dir, obwohl ich es äußerst schade finde. Soll ich dir noch einen kleinen Wunsch erfül- len? Ich würde das tun, damit du mich wenigs- tens in guter Erinnerung behältst, denn ich hab dich die ganze Zeit gut behandelt, das solltest du gerechterweise auch so betrachten. ... Was Großartiges gibt es jetzt nicht mehr, aber vielleicht willst du ja noch etwas wissen, bevor du mich nie wieder fragen kannst«. Konrad merkte, dass Miranda auf etwas lauschte und griff nach ihrem Arm: »Alles in Ordnung? Was sagt er, hat er denn geantwortet?« Konrad fasste Miranda ans Kinn und drehte ihr Gesicht zu sich, wie es sonst Lilly zu tun pflegte. Miranda wirkte klar und anwesend: »Ist schon gut, ich kann jetzt mit ihm reden, ohne abzu- driften. Der Geist wird mich fortan in Ruhe lassen, aber er wäre bereit, mir zuvor noch eine Frage zu beantworten. Er will auch, dass ich mir bewusst mache, dass nur das geschehen ist, was ich selber gewollt habe. Und zugegeben, dass ich nach ihm süchtig werden könnte, hat er mir beim allerersten Erscheinen ehrlich gesagt, ... das wird mir jetzt klar. Er hat mir damals auch gesagt, dass ich jederzeit selbst steuern könnte, wie weit er gehen dürfe. Ich habe lediglich nicht geahnt, dass ich unter seinem Einfluss nicht mehr auf die Idee kommen würde, steuernd einzugreifen«. Konrad blickte ziemlich nachdenklich, er musste dem Schattengeist Recht geben, Miranda hatte das damals so geschildert. »Man könnte beinahe glauben, den Schattengeist träfe keine Schuld, ... doch ist das nicht scheinheilig? Er weiß doch, wie er auf Menschen wirkt!« Und prompt platzte Konrad mit der Frage heraus, die Miranda dem Schattengeist stellen sollte: »Frag ihn jetzt endlich, was er als Gegenleistung von dir bekommen hat!« Ohne auf Mirandas Wiederholung des Satzes zu warten, antwortete der Geist: »Ich brauche Energie, um meine Macht zu erhalten. Je mehr ich deine Lust aufgepeitscht habe, desto mehr Energie hast du ins Universum verströmt ...

und ich bin ein Teil des Universums. Deine Energie ist aus dir herausgeströmt wie Lava aus einem ausbrechenden Vulkan, ich konnte mich daran ergötzen und jedes deiner sprühenden Funken nährte letztendlich meine Macht. Ich bin durch dich ein klein wenig mächtiger geworden, doch du hast nicht unbedingt etwas dabei verloren. Denn alles, was du gegeben hast, wolltest du aus dir herauslassen. Ich finde, das ist ein fairer Tausch«.

Miranda staunte wieder über seine ehrlichen Antworten. Auch der Wohlklang seiner Stimme kitzelte ihr das Ohr. Sie fasste lieber nach Konrads Hand und bat Konrad: »Halt mich ganz fest!« Dann wandte sie sich wieder an den Geist: »Also gut, ich stimme dir zu, es ist wohl ein fairer Austausch gewesen. Und deshalb möchte ich dir auch etwas mit auf den Weg geben; ich bedaure es, endgültig von dir Abschied nehmen zu müssen, denn deine Gesellschaft hat mir viel bedeutet. Ich habe dich, trotz aller Gefährlichkeit, die für mich von dir ausgeht, doch zu achten gelernt. Du hast mir eine wichtige Erfahrung ermöglicht. Doch ich will die Veränderungen nicht, die über mich kommen, wenn ich in deiner Nähe war. Ich möchte lieber so bleiben wie ich bin, auch wenn die Art, wie ich unter deinem Einfluss wurde, mir wohl in der Gesellschaft nach oben geholfen hätte. Ich mag aber nicht so sein, ... wollte nie so werden. Ich bleibe doch lieber so, wie es meiner Natur entspricht«.

Miranda spürte eine leichte Berührung auf ihrer Wange, danach blieb es still. Sehr still, wie sie fand. Der Geist war verschwunden.

Mirandas Unschuld hatte letztendlich der Verführung der Macht standgehalten. Doch im Augenblick fühlte sie eine eigentümliche Leere um sich. Konrad bemerkte ihren ausdruckslosen Blick und fragte sie: »Ist er jetzt weg?« Miranda nickte nur und verdrückte sich ein Tränchen. Konrad zog Miranda an seine Schulter: »Na? Abschiednehmen ist nicht dein Ding, was?« Miranda lächelte: »Alles gut so, alles gut. Wir haben im Guten voneinander Abschied genommen und so muss ich mich in Zukunft nicht mehr davor fürchten, dass er gegen meinen Willen wiederkommt. Er wird es nicht tun, da kann ich mir, glaub ich, sicher sein«.

Konrad fragte nach einer Weile: »Könnten wir etwas zu trinken bekommen?« Miranda sprang sofort auf: »Ja, na klar doch!« Sie kramte nach den Tassen und holte den Tee hervor. Dann goss sie Milch dazu und holte die belegten Brote aus der Kühlbox. Mit allem versorgt, setzte sie sich wieder auf den Fahrersitz. Die Fensterscheiben der Autotüren waren ganz nach unten gekurbelt, Mietzi stand auf Mirandas Schoß, um größer zu sein, während sie den Kopf aus dem Fenster steckte. Dann sprang sie zu Konrad, der es gar nicht so gern hatte, da er sich ein kleines Tischchen auf seinem Schoß improvisiert hatte. Mietzi nahm Rücksicht auf seine abwehrende Bewegung und gesellte sich wieder zu Miranda, die bereitwillig ein Stück beiseite rutschte und Mietzi die Hälfte des Sitzes überließ. Dort kringelte sie sich prompt zusammen und machte sich so noch etwas breiter, bis Miranda nur noch einen kleinen Teil des Sitzes für sich beanspruchen konnte. Miranda musste darüber lächeln und biss dann kräftig in ihr Brötchen.

Hätten Miranda und Konrad denn vielleicht überhaupt nicht erst wegfahren müssen? Die Idee, dadurch dem Schattengeist zu entkommen, war ja offenbar ein Trugschluss gewesen. Trotzdem war es gut, wie es gekommen war. Denn wer weiß, auf welche Weise der Schattengeist Miranda zu Hause erschienen wäre und ob Konrad dort auch so entschlossen reagiert hätte. Außerdem war es zu einem guten Ende gekommen und der mächtige Geist hatte sich wieder in die weite Welt verflüchtigt. Hier in der Bergeinsamkeit konnten sie die Unendlichkeit des Universums viel unmittelbarer spüren, als zu Hause innerhalb der eigenen vier Wände. Darüber hinaus tat es den Beiden jetzt gut, durch die Bergwälder zu fahren und der trockenen, staubigen Sommerlandschaft der Ebene den Rücken zu kehren.

Bei der nächsten Quelle direkt an der Straße hielten sie wieder an. Miranda sprang aus dem Auto und hielt ihr Gesicht unter den breiten Wasserstrahl. Das Wasser war so eisig, dass es auf ihrer Stirn zwirbelte.

Eine bläuliche Libelle schwirrte oberhalb der Quelle. Miranda gluckste auf und freute sich wie ein kleines Kind: »Da schau mal, eine echte Libelle, hier mitten im Wald, ist das nicht komisch?« Die Libelle kreiste um Miranda herum und schien Miranda genauso anzustaunen, wie Miranda sie. Und Konrad rief aus dem Auto: »Vielleicht ist es ja eine Waldfee, die dich zu deiner bestandenen Prüfung beglückwünschen will!« Miranda zuckte zusammen. Konrads Bemerkung war ja vielleicht nur als Scherz gemeint gewesen, aber müsste Miranda sich denn wundern, wenn er damit auch Recht gehabt hätte? Miranda blickte interessiert um sich, um die kleine Waldfee genauer zu betrachten, doch die entkam ihrem suchenden Blick ganz schnell und blieb verschwunden. Versonnen lächelte Miranda ihr hinterher. »Tja, ja ... wir werden es wohl nie erfahren!«. »Was«, fragte Konrad aus dem Auto zurück, »Ich hab nicht verstanden, was du gesagt hast!« - »Ach nichts Besonderes, ich habe eigentlich nur mit mir selber geredet«.

»Und wie ist denn das Wasser? Sollen wir die Kanister füllen?« Konrad erinnerte Miranda indirekt daran, dass sie deshalb zuerst alleine ausgestiegen war, weil sie probieren wollte, ob das Wasser gut schmeckte. Miranda kam zum Auto zurück und erwiderte: »Klar, auf jeden Fall, ... es ist kalt wie aus dem Eisschrank, da werden gleich die Flaschen beschlagen«. Miranda holte sowohl die großen Glasflaschen als auch die Kanister aus dem Auto und passte auf, dass Mietzi nicht gleich hinterher gehopst kam. »Du bleibst erst mal noch hier, mein Engelchen, ich komme aber gleich wieder und mache dir die Leine dran. Warte auf mich, ich hole dich gleich«. Mietzi verfolgte aufmerksam jeden Schritt, den Miranda tat, und wollte ganz sicher gehen, dass das Auto nicht inzwischen ohne Miranda weiterführe. Als alle Kanister und Glasflaschen gefüllt waren, holte Miranda noch die Trinkbecher und füllte sie mit dem eiskalten Wasser. Einen Becher brachte sie zu Konrad, der immer noch im Auto saß. »Steigst du denn nicht mal aus, hier geht ein feiner Wind, es ist einfach herrlich und die Quelle sprudelt und rauscht, ... ich könnte stundenlang mit dem Wasser rumplanschen«. Konrad wirkte etwas müde. Er zog es vor, einfach bei offener Tür sitzen zu bleiben und war hinreichend damit beschäftigt, Mietzi am Aussteigen zu hindern.

Endlich bekam auch Mietzi einen Schluck aus ihrem kleinen Trinkschälchen und schlabberte das kühle Nass eifrig in sich hinein. Doch dann wollte sie, dass Miranda ihr Versprechen einhielt und sie mit raus nahm. Ehe Miranda sich's versah, hatte sie die Katze auf der Schulter sitzen und konnte sie nur mühsam bändigen, um in Ruhe mit ihr auszusteigen. Wie immer auf Autofahrten hatte Mietzi ihr Katzengeschirr an und Miranda musste nur noch die Leine einhaken. Aber Mietzi wollte sich nicht die Pfoten nass machen und krabbelte auf Mirandas Nacken, um eine stabile Position zu finden, aus der heraus sie die Welt mal von weiter oben als sonst betrachten konnte. Miranda machte einen leichten Buckel und lief mit Mietzi eine Runde ums Auto und dann zur Quelle. Mietzis Krallen fuhren Miranda in die Schulter; so nah an die rauschende Quelle hatte Mietzi natürlich nicht gewollt. Miranda galoppierte zum Auto zurück und beförderte Mietzi schleunigst auf den Fahrersitz. »Autsch! Das hat echt wehgetan, mein Engelchen ... Wird höchste Zeit, dass ich mal wieder eine kleine Pediküre bei dir vornehme!« Mietzi kümmerte sich nicht im Geringsten um Mirandas Worte und kletterte längst schon wieder zufrieden durchs Auto. Sie fand wohl auch, dass ein kleines Abenteuer besser sei als Langeweile.

»Was machen wir jetzt?«, erkundigte sich Miranda. Konrad zuckte die Schultern und wirkte seltsam erschöpft. Miranda schlug vor: »Wir könnten die große Iso-Decke ausrollen und uns über Mittag hier im Schatten der Bäume verkriechen, sollen wir das machen?« Konrad überlegte einen Moment ... »Und was machen wir dann mit Mietzi?«.

»Die legt sich einfach zwischen uns und macht ebenfalls ein Schläfchen. Ich binde mir die Leine ans Bein, dann kann sie nicht weit, falls sie doch spöken geht«. Konrad war einverstanden und so verbrachten sie die gesamte Mittagszeit bis in den frühen Nachmittag auf einer winzigen Bergwiese neben der rauschenden Quelle. Miranda und Konrad vergaßen sehr schnell, dass die Straße so dicht daran vorbei führte, denn in der gesamten Zeit kam nicht ein einziges Auto. Erst als sie ohnehin wieder alles zusammenpacken und weiterfahren wollten, erschien ein Pickup mit einem schnurrbärtigen Mann, der mit seinen Kanistern ebenfalls Wasser holen wollte.

Nach dem friedlichen Schläfchen auf der Bergwiese fühlten sich alle frisch und munter. Mietzi gähnte und reckte und streckte sich, bevor Miranda sie auf den Arm nahm und ins Auto trug. Genau wie vorausgesagt, hatte Mietzi sich zwischen Miranda und Konrad gerollt und ein Mittagsschläfchen inmitten der freien Natur gehalten. Miranda streichelte sie liebevoll und küsste sie zwischen die Ohren. *Eine reisetaugliche Katze ist ein wahres Geschenk!* Auch Konrad liebkoste Mietzi, die ihm erwartungsvoll entgegengehopst war. »Wir sind ein richtig gutes Team«, pisperte er ihr ins Öhrchen. Mietzi schnurrte und gurrte und drehte sich im Kreis.

Die Harmonie des Augenblicks hatte aber anscheinend jegliche Abenteuerlust verdrängt. Weder Miranda noch Konrad wollten jetzt auf staubigen Bergstraßen unterwegs sein und wären sie auch noch so einsam. Keiner traute sich so recht, damit rauszurücken, dass die Lust auf einen Ausflug bereits vergangen war, als Miranda an die Katze gewandt raunte: »Na Mietzi, wo soll es jetzt hingehen? Hast du noch Lust auf mehr oder wünschst du dich eher in dein heimisches Bettchen?«

Konrad schaute Miranda interessiert an: »Und du? Wo würdest du jetzt am liebsten sein?« Miranda legte den Kopf schief, kräuselte die

Stirn und blinzelte über den Brillenrand hinweg. »Eigentlich hätte ich jetzt auch nichts gegen die heimische Gemütlichkeit«. Konrad grinste und Miranda fiel ein Stein vom Herzen. Nachdem an diesem Tag alle Gewichte der letzten Wochen abgefallen zu sein schienen, wünschte Miranda sich in ihre häusliche Abgeschiedenheit.

Es sind schon so lange keine Schleifenbändchen mehr erschienen und Lilly hat sich ebenso nicht mehr gezeigt; auch ein gemeinsames Abheben und Davonfliegen mit Konrad hat es nicht mehr gegeben ... Miranda meinte fast, sie wäre in der vergangenen Zeit überhaupt nicht sie selbst gewesen. Jetzt sehnte sie sich nach der Verrücktheit und der Vertrautheit zwischen Konrad und sich.

Zu Hause angekommen, blieb Miranda noch eine Weile im Auto sitzen und betrachtete das Haus und den Garten. Sie hatte zwar nicht weiter unterwegs sein wollen, doch mit dem Ankommen tat sie sich auch etwas schwer. Konrad musterte Miranda und versuchte zu ergründen, was ihr wohl durch den Kopf ginge.

Aber das hätte Miranda nicht einmal sagen können, falls er sie gefragt hätte. Ihre Gedanken waren eigenartig still, sie vermisste lediglich, sich ganz und gar zu Hause angekommen zu fühlen.

Obwohl der Garten, in dem die Hecken ringsherum über und über blühten, wunderschön erschien und die Beiden augenblicklich in seiner Mitte aufnahm, blieb Miranda noch im Auto sitzen, statt sich zu freuen und wie sonst in solch einer Situation, wohlgemut ins Haus zu stürzen. Sie zog den Kopf ein und atmete flach. Konrad entging das nicht. »Hol erst einmal tief Luft!«, forderte er sie auf, »Ich kann durchaus verstehen, dass du noch ein mulmiges Gefühl hast, da rein zu gehen. Aber mache dir keine Sorgen, wir räuchern die Bude jetzt mit vielen Räucherstäbchen aus und dann donnern wir mal ordentlich Musik durch die Wände. Lärm vertreibt bekanntlich die bösen Geister«. Konrad legte Miranda seinen Arm auf den Nacken und zog sie dabei sachte zu sich herüber. Beruhigend redete er auf sie ein: »Dein riskantes Abenteuer ist ja gut ausgegangen, ihr habt euch geeinigt und du hast den Schattengeist verabschiedet; besser hätte es doch gar nicht kommen können!« Miranda brummte nur ein kurzes »Mmh«. Konrad wunderte sich und wollte wissen: »Was bedrückt dich denn trotzdem noch?«, und Miranda stammelte: »Ich hab irgendwie Angst, dass diese fatale Vernachlässigung von allem, das mir wichtig ist, auch ohne den Geist in meiner Nähe, wieder über mich kommen könnte. ... Ich finde es so furchtbar, dass ich es währenddessen überhaupt nicht gemerkt habe. Alles Wesentliche war hinten runter gefallen, ausgerechnet all das, was mir lieb und teuer ist! Ich begreife nicht, wie ich so werden konnte, ohne es selbst zu bemerken!« Konrad lächelte und raunte bedeutungsvoll: »Wenn man es währenddessen bemerken würde, könnte es ja nicht so ungehindert fortschrei-ten. Das ›Nichtbemerken‹ ist ja gerade zwin-gend damit verbunden. Wenn ich es dir währenddessen auf den Kopf zu gesagt hätte, hättest du es vehement abgestritten und mich für verrückt erklärt. Ich bin nach wie vor heilfroh, dass ich überhaupt einen geeigneten Augenblick gefunden habe! Ich konnte es dir nur zeigen, als es gerade nichts mit mir zu tun hatte. ... Schlimm genug, dass ich erst derart spät einen tauglichen Bremsklotz ausfindig gemacht habe«. Miranda unterbrach ihn sofort: »Nun mache du dir bloß nicht noch Vorwürfe! ... Schließlich bin *ich* die, die sich was vorzuwerfen hat!«

»Aber nein, Engelchen, hör auf dir was vorzuwerfen, erstens bringt das nichts und zweitens hast du eine enorm kostbare Erfahrung gemacht, das macht dir so schnell keiner nach. Du kannst jetzt erkennen, wenn ein anderer Mensch unter dem Einfluss der Macht steht. Du kannst vielleicht sogar vorausahnen, was er als nächstes vorhätte, weil du dich aus der Erinnerung heraus einfühlen kannst«. Miranda nickte zustimmend. Konrad aber seufzte: »Ich selbst würde mich auf so eine Prüfung lieber nicht einlassen. Die Gefahr, aus dem Bannkreis der Macht nie wieder herauszukommen, erscheint mir doch allzu groß. Außerdem vermute ich, dass dieser Geist jedem, dem er erscheint, eine andere Gabe anbietet«. Erstaunt blickte Miranda auf: »Was meinst du damit?«

»Na ich denke, er findet bei jedem Menschen eine spezielle Begierde heraus und bietet genau *das* an, was immer es sein mag. In deinem Fall waren es ekstatische Höhenflüge ... die sind ja verhältnismäßig harmlos, denn sie haben nicht *direkt* einen Einfluss auf deine Umwelt oder deine Mitmenschen. Erst die Folge dessen, quasi die Nebenwirkung der Macht, hatte einen Einfluss, aber immer noch einen überschaubaren. ... Doch stell dir mal vor, ... wenn schon *das Begehrte selbst* unmittelbare Auswirkungen auf die Mitmenschen hat?« Konrad betonte diese Frage so, dass Miranda sich erschreckte. Ihr war nicht im Geringsten der Gedanke gekommen, dass der Geist ihr zwar *ihren* sehnlichsten Wunsch erfüllt hatte, doch andere Menschen sich durchaus weniger harmlose Dinge sehnlich wünschen könnten.

Ein Schauer lief Miranda über den Rücken. *In den meisten Hollywood-Filmen gibt es zu den Helden Gegenspieler, die große Lust haben, Menschen zu unterdrücken, zu unterwerfen, für ihre Zwecke auszubeuten oder zu missbrauchen.* Miranda schwante jetzt, was das Machtgefühl alles verursachen könnte. Allein schon beim Gedanken daran überfiel sie eine große Abscheu.

Diese dämonische Macht könnte sich zu einem bedrohlichen Geschwür auswachsen und sich nicht mehr nur auf die unmittelbare Umgebung auswirken, sondern weitreichend übergreifen ...
Miranda seufzte: »Du lieber Himmel! ... Das ist ja noch viel schlimmer, als ich angenommen hatte!« Doch Konrad versuchte sie zu trösten:

»So gesehen kannst du noch froh sein, dass dich nichts Schlimmeres getroffen hat. ... Die Menschen, deren ungezügelte Begierden sich direkt auf andere schädlich auswirken, können vermutlich nicht mehr aus eigenem Antrieb heraus aus dieser Geisterbahn«.

Miranda stammelte betreten: » ... das konnte ich ja auch schon nicht mehr ... «. Aber Konrad erwiderte gewitzt: »Doch! Du hast mich nur von vornherein mit eingeplant ... als Notfall-Reserve«. Darüber mussten sie beide schallend lachen und das tat ihnen durch und durch gut. Nur Mietzi schaute verschreckt von diesen Lachsalven zwischen den Beiden hin und her. Ihre Augen schienen zu fragen: ›Sind wir denn nun zu Hause oder nicht? Wenn ja, dann hätte ich gerne meinen Fressnapf‹.

Daraufhin gab sich Miranda einen Ruck und öffnete die Autotür. Sie musste immer noch lächeln über das, was Konrad eben gesagt hatte. *Wahrscheinlich hatte er sogar Recht, es könnte gut sein, dass ich ihn sehr wohl von vornherein mit eingeplant hatte und mich andernfalls gegen ein solches Experiment entschieden hätte.*

Gut, dass sie noch vor dem Betreten des Hauses dieses Gespräch miteinander geführt hatten. Denn als sie danach die Tür aufschlossen, waren sie froh, frei von solchen Gedanken die Schwelle zu überschreiten.

Während Miranda bald darauf einen schönen Salat zurechtschnippelte, sorgte Konrad für mächtig ›basslastige‹ Rockmusik, die in Nullkommanichts das Haus erbeben ließ; dieser Lärm würde gewiss die bösen Geister vertreiben. »Viel besser als Böller oder andere Knallkörper!«, brüllte Miranda dagegen an. Doch dann krakeelte sie munter drauf los und sang, auch wenn sie nicht immer die richtigen Töne traf, mit: »United we stand«. Die Musik war so laut, dass die Beiden sich nicht unterhalten konnten, ohne gegen den Lärm anzubrüllen. Doch das war im Moment auch kaum nötig, denn sie stopften sich den Salat in den Mund. Und ... sie fühlten sich herrlich ungezogen ... *zu irgendetwas muss es schließlich gut sein, wenn man weit und breit keine Nachbarn hat.*

Mietzi musste die neuen Eindrücke verarbeiten und war nach dem Kleinausflug eher schlafbedürftig. Ihr machte es anscheinend nichts aus, auch bei größtem Lärm zu schlafen, solange er keine Gefahr bedeutete.

Konrad und Miranda hatten eine Flasche Wein aufgemacht und stießen auf das geglückte Ende des speziellen Miranda-Abenteuers an. Ihre Laune hätte besser nicht sein können und Mietzi hatte keinerlei Grund, sich über irgendetwas Sorgen zu machen. Außerdem war das Haus groß genug, sie hätte sich jederzeit etwas abseits verkriechen können; das tat sie aber nicht, sie wollte lieber in Gesellschaft ihrer beiden aufgedrehten, seltsamen Eltern bleiben.

Am nächsten Morgen schliefen sie alle drei aus. Miranda huschte als Erste noch im Nachthemd in die Küche und gönnte sich einen italienischen Kaffee. Der spezielle Duft erfüllte den Raum und trug direkt dazu bei, dass Miranda ausgesprochen gute Laune bekam.

Ungewöhnlicher Weise war Mietzi, die sonst gar nicht schnell genug zu ihrem Spaziergang kommen konnte, bei Konrad am Fußende liegen geblieben. Über Nacht war ein warmer Wind gekommen und versprach einen heißen Tag. Auf der Terrasse lagen zwei umgeschmissene Blumentöpfe, das Wäschereck war ebenfalls umgefallen und Queeny lag lustlos unter einem Baum und musste sich wohl von der anstrengenden Nacht und dem Wind erholen, der unaufhörlich an ihrem plüschigen Langhaarfell gezupft hatte. Sogar, als Miranda das Küchenfenster aufschob, blinzelte Queeny nur teilnahmslos herüber und miaute Miranda nicht einmal ein ›guten Morgen‹ entgegen. Miranda verschwand erst einmal im Bad und machte sich frisch. Dann warf sie sich ein dünnes ärmelloses Blüschen über, das gerade so eben lang genug war, um auch als Hauskleid durchzugehen.

Miranda schlich sich leise die Treppe hinauf und trat oben auf den Balkon. Von Morgenkühle war zwar schon keine Spur mehr, aber die Sonne war noch nicht so heiß, wie sie im Laufe des Tages noch werden würde. Miranda betrachtete den Garten nach allen Seiten hin und überlegte, wem sie wohl zuerst besondere Aufmerksamkeit zukommen lassen müsste. Dabei fiel ihr Blick auf den Grapefruitbaum, bei dem sie ja wohl ganz sicher einiges wiedergutzumachen hätte. Sie nahm sich fest vor, nachher gleich als erstes den Schlauch zu ihm ins Beet zu legen. Doch im Augenblick verspürte auch Miranda etwas von der Trägheit, die an diesem Tag so sichtbar auf den Katzen lastete. Miranda wollte eher ein bisschen träumen und genießen, als sogleich mit einer Arbeit im Garten anzutreten. Sie hatte auch keine Lust, verschwitzt zu werden, das würde aber definitiv nicht ausbleiben, selbst wenn sie nur ein paar Kannen Wasser von hier nach da schleppen würde. Der Steingarten müsste sich also noch etwas gedulden.

Als Miranda sich von der Balkonbrüstung abwandte, um sich zur Wohnzimmertür zu begeben, sah sie für einen fast nicht wahrnehmbaren Augenblick einen rötlichen Schatten, der vom Dach herab vor der Brüstung zu schweben schien; dieser Moment verschlug ihr den Atem. Sie wusste schlagartig, dass Phönix erschienen war, ausgerechnet in diesem Augenblick. Ehrfürchtig trat sie zurück an die Brüstung.

Wenn doch bloß Konrad jetzt erscheinen würde! Miranda hatte, bei aller Freude über Phönix Erscheinen, doch ein mulmiges Gefühl, ihm so ganz allein gegenüberzutreten. Wie es schien, hatte Miranda durch ihre Erfahrung mit dem Schattengeist ihr Urvertrauen gegenüber dem Wunderbaren verloren. Doch Phönix war einfühlsam genug, zu merken, dass Miranda sich in diesem Augenblick nicht so recht empfangsbereit fühlte. Oder war Phönix vielleicht nur mal vorbei gekommen, um sich einen Überblick zu verschaffen? ... Während Miranda noch darüber nachgrübelte, hoffte sie, dass Phönix so bald wie nur möglich wiederkommen würde, ... *wenn dann nur Konrad wieder mit dabei wäre!* Auf den Halt, den Konrad ihr zu geben vermochte, wollte Miranda derzeit lieber nicht verzichten.

In den nächsten Tagen wurde Miranda sehr kuschelbedürftig. Immer wieder strich sie Konrad im Vorbeigehen über den Arm, liebkoste seine starken Schultern oder küsste seinen Nacken. Sie sehnte sich nach der Nähe, die so lange Zeit nicht mehr zwischen ihnen möglich gewesen war. Doch wie sehr sie sich auch darum bemühte, es anders wahrzunehmen, Konrad blieb Konrad und sie blieb Miranda; sie wuchsen nicht zu Einem zusammen. Jeder hatte sein eigenes Zeitgefühl, jeder sein eigenes Empfinden, das nicht automatisch mit dem des Anderen übereinstimmte. Miranda lockte Konrad so oft wie möglich ins Bett, um noch mehr Nähe herzustellen, doch jedes Mal blieb ein klitzekleiner Teil von Miranda außen vor und fand nicht das, was er suchte. Miranda konnte es anfangs noch nicht einmal erkennen, doch dann spürte sie die dunkle Nische in ihrer Seele, die sich nicht erfüllen ließ. Allmählich staute sich eine Sehnsucht in ihr auf, die bald in Frustration umkippte.

Eines Abends saßen sich Konrad und Miranda am Esstisch gegenüber und Miranda wich beharrlich Konrads Blicken aus. Er fragte sie gerade nach Lilly und wollte wissen, ob Miranda denn nicht mal wieder versucht hätte, Lilly zu sich zu rufen. Doch Miranda hatte sich ausschließlich an Konrad geheftet und an nichts anderes als an verbindende Ekstasen mit ihm denken wollen. Sie hatte Lilly nicht ein einziges Mal zu sich eingeladen und Miranda mied auch ganz ›unauffällig‹ das Treppenhaus, in dem ja vielleicht die Schleifenbändchen auf sie gewartet hätten. Miranda hatte sich zielgerichtet auf *eine* Form des Abhebens konzentriert und von den anderen Möglichkeiten nichts wissen wollen. Jetzt war sie enttäuscht, dass Konrad das nicht von sich aus bemerkt hatte, und verstand seine Bemühungen um ihre magischen Fähigkeiten nicht etwa als förderlich; obwohl sie wusste, dass er es so meinte … es war eine verzwickte Situation. Miranda wollte sich an Konrad festklammern, um ihn nicht noch einmal zu verlieren, doch sie begann zu ahnen, dass ihre Sehnsucht auch woanders herstammen könnte. War Miranda denn womöglich versucht, ›jemanden‹ auf Konrad zu projizieren? … Einen gewissen Geist vielleicht? Konnte es nicht sein, dass Konrad die Stelle ausfüllen sollte, die als Leere in Miranda zurückgeblieben war, nachdem der Schattengeist verschwunden war?

Miranda buhlte unentwegt um Konrads Aufmerksamkeit und Zuwendung. Ohne es zu merken, entwickelte sie eine Art Besitzanspruch. Das entsprach so gar nicht ihrer Auffassung von Liebe. Doch wie sollte sie mit dem Frust klarkommen, der sich zunehmend mehr in ihr ausbreitete?

Im Augenblick konnte Miranda nichts weiter tun, als Konrads Blicken auszuweichen, denn über ihre Misere zu sprechen, würde womöglich alles noch verschlimmern, und sie könnten sich in Missverständnissen verstricken. Über Anforderungen ... Wünsche ... Erwartungen an Konrad ... mit ihm selbst zu sprechen, war äußerst heikel, ... denn wer wollte schon Wünsche seiner Liebsten so ›mir nichts dir nichts‹ ignorieren, nachdem er unmissverständlich auf deren Existenz hingewiesen wurde? Gleichzeitig drohte aber aus den Augen zu geraten, dass die Wünsche selbst das waren, das hinterfragt werden musste.

Gespräche solcher Art konnten schneller als geglaubt in einem Wirrwarr enden, in dem sich beide gleichermaßen verstrickten. Miranda wusste das, also musste sie die Angelegenheit mit sich selbst ausmachen.

Ich muss zu mir selbst finden und meine ganze Einsamkeit akzeptieren. Ich muss die leere Stelle in mir erfühlen, statt sie zu ignorieren oder blindlings mit etwas anderem, ähnlichem ausfüllen zu wollen.

Erst wenn ich wieder vollständig zu mir selbst gefunden habe, werde ich Konrad genau so wie früher begegnen können.

Während Miranda nach einem roten Faden suchte, der sie aus den vielen Gedankengängen herausführen könnte, miaute Mietzi unüblich laut. Immer wieder unterbrach Miranda ihren Gedanken und folgte Mietzis Rufen, die anscheinend nur toben wollte. Doch jedes Mal, wenn sich Miranda wieder hinsetzte, miaute es von neuem. Miranda zwang sich zu Geduld Mietzis Wünschen gegenüber und trabte immer wieder zu ihr hin, kraulte sie, kämmte sie, jagte sie durch die Wohnung. Bei jedem erneuten Versuch, sich wieder hinzusetzen, ... abermals miauen. Als sich das eine Weile so hingezogen hatte, musste Miranda auf einmal schmunzeln. Jetzt war Mietzi in der gleichen Situation wie Miranda. Sie hatte ein unstillbares Bedürfnis nach Aufmerksamkeit und Beschäftigung; Miranda sollte ihr zur Verfügung stehen, obwohl die doch gerade ganz anderes im Sinn hatte. Miranda hatte sich beinahe schon von Mietzi genervt gefühlt, bevor dann endlich ›der Groschen fiel‹ und Miranda sich in Mietzi selbst erkannte.

Als Miranda versonnen lächelte und nun ihrerseits dazu bereit war, sich Mietzi voll und ganz zuzuwenden, hatte diese genug von ihr und suchte sich bereits ein kuscheliges Plätzchen, an dem sie sich prompt friedlich einrollte, um ein Nickerchen zu machen.

So kann es gehen … Bis ich endlich kapiert hatte, was sie von mir wollte, brauchte sie es schon gar nicht mehr. Vielleicht war Konrad in den letzten Tagen mir gegenüber in der gleichen Lage, wie ich eben Mietzi gegenüber.

Diesen Gedanken konnte Miranda jetzt als Schutzschild gegen ihren Frust einsetzen. Nicht, dass die Leere in ihr deshalb verschwunden wäre, aber der Frust verwandelte sich in Verständnis und das Verständnis verwandelte sich in ein Gefühl der Liebe.

Das Gefühl des Mangels, das Verlangen nach etwas Besonderem, … auch das nach Abheben, … nach aus der Welt treten, verhindert, in das eigene Erleben steuernd einzugreifen. Stattdessen wird man von diesem Gefühl des Mangels gesteuert, … und zwar machtvoll!

Miranda begriff schlagartig, auf welche Weise der dunkle Geist sie beherrscht hatte. Er hatte ihr Welten gezeigt, auf die sie nicht mehr verzichten wollte, er hatte machtvolle Bedürfnisse in ihr geschaffen.

Jetzt ist Nein-Sagen gefragt! Es ist an der Zeit, mich wieder aus mir selbst heraus vollständig zu fühlen!

Miranda musste dahin zurück finden, sich selbst und ihre Wesensart zu verschenken, ohne etwas dafür zu verlangen.

Nicht nur Unschuld vermag Macht standzuhalten, sondern auch die Liebe, ... neben Miranda echote eine gedämpfte Stimme, »Selbstlose, unschuldige Liebe ... Unschuld ist Liebe und bedeutet Verbundenheit mit Allem«.

Miranda seufzte und blickte an die Decke, als ob sie erwartete, Phönix dort zu entdecken. Im Nacken, direkt an ihrem Haaransatz, rieselte ein lauwarmer Hauch wie Thermalwasser an ihr herab.

Konrad stand hinter Miranda und streichelte ihr mit der Rückseite seiner Finger den Hals, ganz zart nur, wie oftmals bei Mietzi, wenn die sich zugehörig fühlen wollte. Konrad hatte gerade zuvor erstaunliche Veränderungen in Mirandas Gesicht beobachtet und war deshalb aufgestanden und hatte sich ihr genähert, ohne dass Miranda es bemerkt hatte. Es schien ihm mit einem Mal, als hätte Miranda ein Licht hinter ihren Augen angeknipst. Plötzlich war das gewohnte Strahlen in ihrem Blick, das selbst die Stirn erhellte und schon manches Mal dafür gesorgt hatte, dass Miranda sich von Menschen neben sich merkwürdig abhob. Es gab Familienfotos, auf denen es wirkte, als wäre ein extra Scheinwerfer auf sie gerichtet, um sie aus dem Kreis der anderen Menschen hervorzuheben. Außerdem spielte jetzt ein versonnenes Lächeln um Mirandas Mundwinkel, dass ihr fast einen ›Mona-Lisa-Effekt‹ verlieh. Was immer es gewesen sein mochte, das diese Veränderung in Miranda ausgelöst hatte, Konrad wollte dieses Etwas begrüßen, wie einen starken Verbündeten an seiner Seite. Denn es war ihm in den letzten Tagen keineswegs entgangen, dass Miranda, obwohl anwesend, nicht völlig bei ihm gewesen war.

Das zurückgekehrte Strahlen erfüllte Konrad mit großer Zuversicht; es war ein Hoffnungsschimmer, der wie ein Sonnenstrahl aus Miranda selbst hervorbrach.

Konrad hatte Angst, diese plötzlich heran gewehten Aufhellungen zu verscheuchen und wagte deshalb nicht, mehr als fast unmerklich über Mirandas Hals zu streichen. Und Miranda staunte, als sie erkannte, dass nicht ein Flügelstreif des von ihr vermuteten Phönix, sondern Konrads Berührung dieses warme Rieseln in ihrem Nacken verursacht hatte. Doch Miranda hielt ganz still und fiel Konrad nicht wie sonst gleich um den Hals. Auch sie schien Angst zu haben, durch allzu stürmische Bewegungen ihre wie von einem zarten Sommerwind beiseitegeschobenen Wolken, erneut vor ihre innere Sonne zu schieben. Sie wusste, dass sie nicht versuchen durfte, den erhellenden Zustand festzuhalten, sie wollte stattdessen ergründen, wie sie sich gerade fühlte und wie sich die neue Gemütslage hatte einstellen können.

Ich war empfangsbereit und ohne Erwartungen. Ich hatte das Gefühl der Leere in mir erkannt und in diese hinein gefühlt, statt sie zu verleugnen oder ausfüllen zu wollen. Ich hatte versucht, die Wesensart der Leere zu erkennen und zu mögen, ... bis ich endlich bereit war, diese Leere zu akzeptieren. Ich hatte Vertrauen entwickelt.

Und so konnte sich schließlich die Leere in Miranda mit Licht füllen, einem Licht, welchem sie vorher keinen Einlass gewehrt hatte. Miranda erahnte in etwa, wie es sich ereignet haben könnte, doch ihr Verstand biss sich an den Erklärungsversuchen fast die Zähne aus.

Schließlich schnappte Miranda nach Luft und plapperte all die in ihr herumschwirrenden Worte aus sich heraus, um endlich unbelastet zu ihrem verspielten und verträumten Aspekt zurückzukehren. Konrad lächelte und fing Mirandas Worte mit einem imaginären Kescher auf, der nicht Schmetterlinge einfangen sollte, sondern Mirandas Erkenntnisse.

Konrad würde Mirandas Schätze aufbewahren und sie ihr in Momenten erscheinen lassen, in denen sie ihrer bedurfte; in Momenten, in denen Zweifel Miranda den Weg verbauten und sie daran hinderten, zu ihren eigenen Schätzen vorzudringen.

Inzwischen war es dunkel geworden. Konrad war ins Wohnzimmer verschwunden, aber Miranda wollte noch eine Weile allein sein.

Sie trat ans Küchenfenster und blickte auf die Reihe der Apfelsinenbäume direkt vor dem Fenster. Der Mond glänzte auf den Blättern und verlieh den Bäumen einen magischen Schimmer. Je länger Miranda die vom zarten Abendwind bewegten Lichtspiele beobachtete, desto stärker zog es sie nach draußen. Sie huschte in die Gartenschuhe, schlüpfte zur Tür hinaus und näherte sich langsam den Bäumen, die ihr so lebendig vorkamen, dass Miranda sich nicht gewundert hätte, wenn die Bäume plötzlich Hand in Hand durch den Garten spaziert wären. Im Laufe der Jahre waren sie so kräftig gewachsen, dass die Äste sich jeweils mit denen des Nachbarbaumes verflochten hatten. Auf diese Weise erschienen sie wie eine eingeschworene Gemeinschaft. Der Anführer dieser Vierer-Gruppe war der Grapefruitbaum, der in der mondhellen Nacht wie das Zugpferd wirkte oder wie eine Enten-mama, die ihre Küken im Gänsemarsch hinter sich her führte. Miranda erschrak: *Haben die Bäume sich jetzt tatsächlich in Bewegung gesetzt?* Miranda blickte auf das lange Baum-Beet und versuchte es zu fixieren. Das Beet schien still an seinem Platz zu verharren, doch die vier Bäume wanderten gemächlich den Hauptweg entlang, bogen in den kleinen Steingartenweg ein und wanderten den Berghang hinauf, einer nach dem anderen und doch wahrlich Hand in Hand oder besser gesagt, Zweiglein in Zweiglein.

Miranda spürte Schweißperlen auf ihrer Stirn. Sie wagte kaum Luft zu holen, atmete nur flach und bemerkte indessen nicht, wie sie den Bäumen folgte. Sie schlich ihnen hinterher bis zu dem kleinen Steingartenpfad und reihte sich dort in die wandernde Kette aus Bäumen ein. Kaum hatte sie dem letzten Baum ihre Hand gereicht, umschlangen die feinen Zweig-lein ihre Finger und zogen sanft an ihrer Hand; Miranda sollte auch weiterhin folgen. Dem Bedürfnis sich umzublicken, konnte Miranda widerstehen, auch wenn sie nur zu gerne gewusst hätte, ob das Beet denn jetzt wirklich leer und baumlos zurück geblieben war. Zum Glück ging ein feiner Sog von ihren Wander-freunden aus, dem sie sich nicht entziehen konnte und der einen eigentümlichen Effekt auf ihr Sehvermögen zu haben schien. Denn obwohl es dunkel war und der Schatten des Hauses schwer und mattschwarz auf dem Steingarten lag, konnte Miranda sehr gut sehen. Die Steingartenpflanzen hoben sich dreidimensional aus der Dunkelheit hervor und schienen ihr aufmunternd zuzunicken. Die ein oder andere strich ihr liebkosend um die Beine, während sie langsam an ihr vorüberzogen. Doch Miranda fiel auf, dass sie die Geschwindigkeit, mit der sie sich bewegten, nicht bestimmen konnte. Auch schienen die Bäume innezuhalten in ihrer Fortbewegung, sobald Miranda eine Pflanze im Steingarten fixierte. Erst wenn ihr Blick sich wieder der wandernden Baumreihe vor sich zuwandte, setzte ihre kleine Karawane sich wieder in Bewegung. Allerdings bemerkte Miranda, dass ihre Kette sich noch verlängerte, weil sich der ein oder andere Baum aus dem Steingarten ihrer Wandergruppe anschloss. Miranda spürte, wie sich feine Zweiglein darum bemühten, ihre freie Hand zu erhaschen. Dabei kitzelten sie ihr die Rippen und Miranda musste lauthals kichern und quietschte schließlich auf. Bevor sie sich aber unbedacht womöglich doch einmal umgeschaut hätte, waren die Zweiglein artig um ihre Hand geschlungen und ein Olivenbaum folgte Miranda und ihm folgten weitere Olivenbäume. Miranda spürte es, als wenn sie es gesehen hätte.

Eine seltsame Strenge, beinahe schon Disziplin ging von den Apfelsinenbäumen vor ihr aus. Miranda fühlte sich wie ein kleines Mädchen, das sich arglos und verspielt einem Reigen anschließen wollte und plötzlich eine Lehrerstimme vernahm, die zur Ordnung aufrief und Folgsamkeit verlangte. Automatisch blickte Miranda an die Spitze des Zuges und bemerkte, wie der Grapefruitbaum warnend mit der Krone wackelte. Miranda fühlte sich augenblicklich geborgen im Bewusstsein um diesen starken Anführer, denn dem Grapefruitbaum vertraute sie bedingungslos. Miranda glaubte, ihm könnte sie bedenkenlos überall hin folgen. Die Karawane zog weiter, umkreiste das Haus und keiner der Bäume stolperte je über einen der großen Steine oder verfing sich an einem der hohen Pferdegrasbüsche. Miranda wollte schon darüber nachzugrübeln beginnen, doch eine breite Wurzel des ihr vorangehenden Baumes drückte sich mahnend auf ihren Fuß.

Das verschlug Miranda die Sprache und gleich auch die Gedanken, die Wurzel zog sich wieder zurück und Mirandas Blicke erkundeten staunend den unsichtbaren Pfad, dem die Bäume zu folgen schienen. Eine Stille zog in Miranda ein, die ein magisches Erleben der Welt ermöglichte und allmählich auch Platz schuf für weitere Dimensionen. Miranda konnte zugleich fühlen, wie sich der Baum vor ihr und der hinter ihr fühlte. Sie konnte sogar durch die einzelnen Bäume hindurch bis in den ersten und auch bis in den letzten Baum hinein fühlen. Die händchenhaltende Verbindung schien ein eigenes neuronales Netzwerk aufzubauen. Und bald schon fühlte Miranda mit, wenn der Grapefruitbaum eine Wurzel in die Erde bohrte und auch, wenn er sie wieder aus der Erde herauszog. Allmählich fühlte Miranda genauso wie ein Baum, ... bis sie nicht mehr daran zweifelte, selber zu einem geworden zu sein. Zum Glück verschliefen ihre umtriebigen Gedanken den Augenblick, in dem sie sonst gefragt hätten, was für ein Baum Miranda wohl geworden sein mochte. Der Grapefruitbaum steuerte unterdessen in den Nordwesten des Gartens und bildete dort zusammen mit den anderen Bäumen einen Kreis um die große Feuerstelle herum. Das war der Platz, an dem Miranda in all den Jahren Unmengen krankes Holz verbrannt hatte. Jeder Baum im Garten, der Zweige an Mirandas Scheren verloren hatte, konnte hier in der Asche der riesigen Feuerstelle noch seinen eigenen Geist erahnen, der vielleicht von hier aus wie ein Phönix aus der Asche verjüngend wieder in ihn eingefahren war. Tatsächlich begannen die Bäume um den Feuerkreis zu tanzen. Miranda wurde schwindlig, es ging ihr gar zu schnell. Bald erkannte sie nichts mehr um sich herum, das Bild, das sie anstarrte, wollte sich nicht scharf stellen lassen. Miranda keuchte und schnaufte, aber die Luft, die sie atmete, konnte ihre Lunge nicht erreichen; bereits an der Kehle machte der Luftstrom kehrt und schien ihr wieder zu entweichen. Miranda glitt durch das Aschehäufchen hindurch in den Boden hinein und kroch wie ein Regenwurm durch das Erdreich. Sie befürchtete anfangs noch zu ersticken, doch seltsamerweise wurde sie dabei immer wacher. Miranda überließ sich ganz ihrem Gefühl; sie wollte sich einprägen, wie die Erde mitsamt der Steinchen über ihre Haut streifte, ohne sie zu kratzen. Sie fühlte sich in der Tat wie ein Erdwurm, doch sie fand nichts Schlimmes dabei. Erst allmählich wurde Miranda klar, dass sie nicht mit ihrem Körper in der Erde versunken war, sondern mit ihrer Aufmerksamkeit in ihren Wurzeln steckte, welche sich hier an dieser Stelle in den Boden gebohrt hatten.

Wie Elefanten an einem Elefantenfriedhof hielten alle anwesenden Bäume an dieser Feuerstelle andächtig ihre Baumkronen gesenkt. Hier hatte über Jahre hinweg sehr viel Holz geopfert werden müssen, um neues, gesundes Leben an den Bäumen zu ermöglichen. Eine knorrige Wildolive, die in der Nähe stand, raunte wie ein gutmütiger Großvater seinen Segen in den Nachtwind. Die Bäume formierten sich daraufhin neu und wanderten wieder im Gänsemarsch auf die Westseite des Hauses zu. Seitlich daneben rutschten sie den engen kleinen Pfad hinab, bis sie endlich die Südseite erreichten, an der die Apfelsinen-bäume augenblicklich wieder an ihrer ur-sprünglichen Stelle standen. Nur die Oliven-bäume aus dem Steingarten wanderten noch weiter, um an der Ostseite des Hauses zu ihren angestammten Plätzen zu finden. Miranda blickte abwechselnd auf die wieder an ihrem Platz stehenden Apfelsinenbäume und auf die davonwandernden Olivenbäume. Doch im selben Moment sprang Mirandas Verstand wie ein unter Wasser gedrückter Gummiball wieder an die Oberfläche. Unwillkürlich schüttelte Miranda ihren Kopf und konnte nicht fassen, was hier gerade vor sich gegangen war. Sie lief am Beet entlang bis zum Grapefruitbaum und strich ihm mit gespreizten Fingern durch die äußersten Zweiglein. Miranda tat noch einen Schritt auf den Baum zu und versenkte auch noch ihr Gesicht in seinem vom Mondlicht angeschienenen Blattwerk. Sachte bewegte sie den Kopf von links nach rechts und zurück, immer wieder und immer wieder. Ganz zart streichelten die duftenden jungen Blätter dabei über ihre Stirn und über ihre Wangen. Auch über ihre Lippen streichelten sie und Miranda fühlte sich gleichermaßen von ihrem Baum geküsst wie sie meinte, ihn zu küssen. Ein Tränchen kullerte ihr aus dem Augenwinkel, während sie von dem Baum zurück trat und mit eigentümlicher Gewissheit wusste, dass er ein wahrer Meister war. In der gesamten Vergangenheit hatte Miranda geglaubt, der Baum sei auf sie angewiesen, sie müsste sich um ihn kümmern. Niemals wäre ihr dabei in den Sinn gekommen, dass dieser Baum jederzeit vermochte, ihr das Gegenteil zu beweisen. Miranda erkannte in ihm einen weiteren Lehrer. Und an diesem Tag hatte sie eine besondere Lektion von ihm erhalten. Respektvoll schaute sie auf seine Gestalt und versuchte zu erkennen, was in ihm steckte. Doch sie sah nur einen Baum, wie immer, auch wenn es *ihr besonderer* Baum war. Niemand könnte ihm ansehen, was für ein großer Meister, welch großartiger Verbündeter er doch war. Miranda senkte ehrfürchtig den Kopf. Der Baum hatte unerwartet einen Titel bekommen, »Meister Grapefruitbaum«, versuchte sie vorsichtig, verbeugte sich und strich ihm anerkennend durch die Zweiglein. In der Baumkrone rauschte es und Miranda vernahm ein gutmütiges Knurren, als wenn auch der Baum zu ihr gesprochen hätte. Übermütig hopste Miranda von dannen und schlüpfte zur Schiebetür hinein in die Wohnküche. Sie wollte Konrad von ihrem unglaublichen Abenteuer erzählen. Doch sowohl die Küche als auch das Wohnzimmer waren leer, nicht einmal Mietzi war zu sehen. Konrad hatte sich in seinen Bereich in der oberen Etage zurückgezogen und Miranda empfand die Dunkelheit auf einmal eindimensional und bedrückend. Sie schaltete das Licht ein, doch das Licht schlug Miranda erbarmungslos gegen die Stirn. Die Augen brannten, weil sie zwar mehr sahen, aber dabei nichts ›Wesentliches‹ erkennen konnten. Im Gegensatz dazu fiel Miranda auf, wie der Mülleimer beinahe überquoll und der Blumenstrauß auf dem Tisch zu viele welke Anteile enthielt. Auf dem Tisch lagen Erledigungslisten herum und auf der Kommode Bücher, die Miranda vor Wochen mal hatte lesen wollen, doch die sie inzwischen längst vergessen hatte. Der schnöde Alltag und alles was dazu gehörte ... Miranda drehte schnell den Dimmer runter. So viel Kulisse auf einmal konnte sie jetzt nicht gebrauchen.

Aber Miranda lächelte schon wieder; vor allem über sich selbst und all ihre lieben Schwächen. Sie legte sich die Arme um die Schultern und tänzelte leise singend durch die Küche: »Ich hab euch lieb, ich hab euch lieb, ich hab euch a ha hall le lieh hieb!«, dann aber huschte Miranda aus der Küche und machte sich auf den Weg zu Konrad, dem sie jetzt einiges zu erzählen hatte. Sie war gespannt, was er wohl dazu sagen würde.

Konrad hatte aufmerksam zugehört und freute sich vor allen Dingen darüber, dass Miranda wieder vollständig bei sich angekommen war. Er wusste, dass Miranda die vollkommene innere Ruhe hatte erreichen müssen, um mit den Geistern des Ortes kommunizieren zu können. Konrad war gerührt, nahm Miranda wortlos in den Arm und hielt sie fest an sich gedrückt.

»Schön«, hauchte er ... und das war das Einzige, das er im Augenblick heraus brachte. Miranda spürte, dass Konrad mehr sagen wollte, es aber nicht in Worte fassen konnte. Doch Miranda entnahm das Unausgesprochene seiner Umarmung, die unmittelbar all das ausdrücken konnte, das sich dem Verstand entzog. Konrad lehnte sich ein wenig zurück und musterte Mirandas Gesicht, er nahm es zwischen beide Hände und schaute ihr in die

Augen. Vorsichtig drückte er ihr ein Küsschen auf die Stirn und eines auf die Nasenspitze. Miranda hielt vollkommen still und fühlte sich dabei wie ein kleines Mädchen, das noch in Märchenwelten lebte. Konrads Hände strichen mit sanftem Druck vom Gesicht aus über Mirandas Hals, über die Schultern, über die Arme. Auf ihren Armen rieb er einige Male langsam auf und ab, als wenn er Miranda vorsichtig trocken rubbeln wollte. Es war eigenartig; Miranda erinnerte sich augenblicklich wieder an das Gefühl, das die Erde auf ihrer Haut ausgelöst hatte, während sie sich vermeintlich als Erdwurm, dann doch aber als Wurzel, in das Erdreich unter der Feuerstelle geschoben hatte.

Miranda lächelte versonnen ... und dieser Anblick erinnerte Konrad an Mona Lisa. Allerdings schien Mirandas Gesicht sich nicht festlegen zu lassen. Je länger Konrad darauf blickte, desto wandlungsfähiger wurde es; unentwegt verschoben sich die Konturen, ohne jedoch entstellend zu wirken. Konrad legte den Kopf schief wie ein Vögelchen, das herausfinden wollte, ob man ihm wohl gefährlich werden könnte. Er kippte seinen Kopf noch einmal in die andere Richtung und versuchte diesen ungewohnten Anblick von Mirandas Gesicht zu entschlüsseln; doch auf einmal rauschte es so heftig in seinen Ohren, dass er erschrocken zurücksprang.

»Nanu? Was ist denn jetzt los?«, wollte Miranda wissen. »Keine Ahnung«, erwiderte Konrad, der genau das im Augenblick gern selber gewusst hätte. Indessen war das Rauschen schon wieder abgeklungen, lediglich das Licht im Raum erschien Konrad jetzt viel dunkler und er konnte auf Mirandas Gesicht kaum noch Einzelheiten erkennen. Miranda blickte Konrad immer noch fragend an: »Alles in Ordnung mit dir?« Doch Konrad grinste verunsichert, »Bei mir fängt es anscheinend auch schon damit an, dass sich die Sicht der Dinge verändert. ... Außerdem ist es plötzlich so merkwürdig dunkel geworden«.

Miranda schaute überrascht auf. In der Ferne war offenbar ein Gewitter aufgezogen. Ein lebhaftes Wetterleuchten zuckte am Himmel und verlieh dem Garten einen eigentümlichen Zauber. Zwar grummelten die Donner kaum vernehmbar, doch im gesamten Haus flackerte das Licht der Lampen; üblicherweise war das ein untrügliches Zeichen für einen bevorstehenden Stromausfall ... und prompt sprangen die bläulichen Notstromlampen an. Doch schon kurz darauf war der Spuk zu Ende und der Strom schien sich noch einmal stabilisiert zu haben. Konrad hatte von all dem nicht viel mitbekommen, weil er sich ausschließlich auf Mirandas aufleuchtende Aura konzentriert hatte. Miranda aber war erleichtert, dass das Licht wieder da war und plapperte schon wieder munter drauf los. Konrad brachte sie mit einem vielsagenden Blick zum Schweigen und schob Miranda sachte aus seinem Zimmer hinaus in das große, als Musikzimmer genutzte Wohnzimmer hinein. Er führte sie zum Sofa und setzte sich daneben. Völlige Zeitlosigkeit umschlang die Beiden und füllte bald darauf das gesamte Haus. Es war bedeutungslos, wo sie sich derzeit befanden; sie schwebten losgelöst zwischen Raum und Zeit.

Mirandas Blick schweifte durch den Raum und fiel dabei auf die große Glastür, die zum Balkon hinausführte. Konrads Blick folgte unwillkürlich. Die Dunkelheit der Nacht wurde von demselben Mond aufgehellt, der Miranda am Abend dabei begleitet hatte, als sie mit den

Bäumen durch den Garten gewandert war. Das Gewitter hatte sich restlos verzogen und gab den Blick auf den Himmel wieder frei. Trotz des hellen Mondscheins glitzerten die Sterne am Himmel und verzauberten die Nacht in eine eigenständige Welt. Ein zarter Schimmer des Mondscheins spiegelte sich von der Balkonbrüstung wider und fiel direkt durch die Scheiben der Balkontür ins Wohnzimmer hinein. Konrad und Miranda schauten beide gleichermaßen gebannt auf dieses eigentümlich schimmernde Leuchten. Es wuchs und breitete sich aus und erfüllte bald darauf den gesamten Bereich vor der großen Glastür.

Mit einem Mal stand Lilly im Raum, direkt vor Konrad und Miranda, und ihre Schönheit wirkte so faszinierend wie eh und je. Zum ersten Mal in der gesamten Zeit zeigte sich Lilly jetzt auch vor Konrad, ... doch das schien im Augenblick keine Rolle zu spielen. Denn Lilly pustete in einen kleinen Ring hinein und produzierte so eine herrlich schillernde, beinahe schon funkelnde Seifenblase, die alle Sinne gefangen nahm. Gebannt beobachteten Konrad und Miranda, wie die Seifenblase immer größer wurde und bald den halben

Raum ausfüllte. Sie schillerte dabei so verlockend in allen Farben des Regenbogens, dass Miranda unwillkürlich aufstand, sich dieser Riesenblase näherte und sie unbedingt berühren wollte. Lilly lächelte Miranda aufmunternd zu und hielt ihr anscheinend eine Tür auf, die in das Innere der Seifenblase hineinführte. Staunend und neugierig tastete sich Miranda in diese wundersame Sphäre hinein und erkannte darin wie in einem Zauberspiegel die ihr so vertraute Welt. Garten und Haus erschienen vor ihr, ungeachtet dessen, dass sie sich in eben diesem Haus befanden. Um den Garten herum flammten die wohlbekannten kalten, blauen Flämmchen, die Haus und Garten vor fremden Blicken bewahrten. Miranda trat eilig einige Schritte zurück und drehte sich nach Konrad um, dem sie auffordernd ihre Hand hin streckte. Konrad zögerte ein wenig, doch gab sich endlich einen Ruck, schließlich war Lilly ihnen diesmal beiden erschienen. Er erhob sich vom Sofa und folgte Miranda durch die Türöffnung der zauberhaften Kugel. Konrad griff nach Mirandas Hand und Miranda zog Konrad mit sich fort in die ihr so vertraute Welt.

Miranda atmete ungewöhnlich tief und gleichmäßig. Bald bemerkte sie an ihrem Hals das einst um sie gelegte Schleifenbändchen; es flatterte in einem Wind, den sie selbst kaum spürte. Konrad klammerte sich an Mirandas Hand und gab ihr dieses Mal nicht den gewohnten Halt. Doch kaum hatte er den zweiten Fuß in dieses Seifenblasenland gesetzt, vertraute er sich dieser Sphäre voll und ganz an. Schritt für Schritt ließen die Beiden die reale Welt hinter sich und verschmolzen mit der neuen Wirklichkeit. Miranda atmete so tief ein, dass ihr Atemzug das Bild verschlang, das sie eben gemeinsam betreten hatten. Sie verschwanden in der eigens für sie erschaffenen kleinen Welt und dehnten sich gleichzeitig in die große Welt hinein aus.

Derselbe zarte Wind, der eben noch das Schleifenbändchen an Mirandas Hals zum Flattern gebracht hatte, flüsterte die Worte eines alten Sufi-Meisters:

»In einem Augenblick
hebe dich heraus aus Zeit und Raum,
lege die Welt beiseite
und werde Welt in dir«.

Oder war es Lilly, die den Sufi-Meister ›Schabistari‹ zitiert hatte? Sie lächelte bedeutungsvoll, ... es sah nicht wie ein Abschied aus. Obwohl sich die Seifenblasentür langsam hinter Miranda und Konrad zu schließen begann, schien ein Hauch von Lilly bei ihnen zu bleiben. Doch schon im nächsten Augenblick flog die wundervolle bunt schillernde kleine Welt zum offenen Fenster hinaus. Lilly begleitete sie noch ein Stück des Weges und schien ihnen Glück zu wünschen. Doch wer weiß, vielleicht flüsterte nur der Wind, der das Zeitreisehaus sanft mit sich forttrug.

ENDE

Von Mara Stein sind außerdem im
BoD-Verlag erschienen:

Das Geheimnis der verschwundenen Frauen

(ISBN-NR: 9783743196735)